スポーツ学選書17

イギリス文学のなかにスポーツ文化を読む

稲垣正浩

イギリス文学のなかにスポーツ文化を読む　もくじ

『高慢と偏見』

ジェーン・オースティン作、富田　彬訳、岩波文庫

——カントリー・ジェントルマンの社交の世界

カントリー・ジェントルマンの社交の世界

ビングリー氏は、すぐに部屋の中のすべての重だった人たちと、近づきになってしまった。彼は快活であけっぱなしで、どの踊りにも片っぱしから参加し、舞踏会が早くすみすぎたと言って腹をたて、自分もネザーフィールドで一つ催すことにしようと言った。そういう人付きのいい性質は、黙っていても人に知れるものである。彼と彼の友人とは、なんというちがいであろう！　ダーシー氏は、ハースト夫人と一度踊り、ビングリー嬢と一度踊っただけで、他の婦人には紹介されることをことわり、その晩のあとの時間は、部屋の中を歩きまわって、時々自分の仲間に話しかけることで過ごしたのだった。彼の性格は、もう疑う余地はなかった。彼は世界中で最も高慢な最も不愉快な男であった。誰もがもう二度ときてもらいたくないと思った。中でも彼に猛烈な反感をいだいた一人は、ベネット夫人であった。彼女は、もともと彼の態度を好かなかったが、彼が彼女の娘の一人を軽蔑するにいたって、彼女はにくらしい人だと思うようになった。

舞踏会

高慢な男

エリザベス・ベネットは、紳士側の人数が足りなかったため、二回ほど踊りをやすまなければならなかった。その間のことであるが、ダーシー氏はすぐ近くに立っていたので、折から数分間踊りをはずして、ダーシー氏にぜひ踊りの仲間に加わるようにすすめにきたビングリー氏と立ち話をしているのを、彼女は聞くともなく耳にいれたのであった。（上19頁）

18世紀末、イギリスの片田舎のカントリー・ジェントルマンたちの社交の世界を描いた、いわゆる風俗小説として知られるジェーン・オースティンの『高慢と偏見』（1813年出版）の物語の初めの仕掛け部分からの引用です。内容は冒頭のビングリー氏がネザーフィールドの空き別荘を買い取って移り住んできたのを機縁に開かれた舞踏会の様子です。社交性に富んだ独身のビングリー氏と、その正反対の性格を持つかれの友人のダーシー氏を中心に、その周辺をとりまく女性たちが、お互いの偏見や誤解のもとに消長する恋愛と結婚の問題を軸にして展開する、イギリス上流階級にとっての古き良き時代の物語です。

カントリー・ジェントルマン

別荘

イギリス上流階級

舞踏会は上流階級の若い男女の出会いの場

この物語の原題は〝Pride and Prejudice〟ですが、初めは〝First Impressions〟という題名で1796年に書かれました。このとき、作者は21歳であったといいます。しかし、あ

1796年

『高慢と偏見』

まりに若い女性の作品ということがマイナスに作用したのでしょうか、本屋さんは出版を断りました。そのため、この作品は長い間、日の目をみることもなく眠らされていましたが、1813年に若干の訂正加筆をしてようやく出版されました。それがこんにちでは「情熱と思想の点で不十分であるが、統一ある構成、鮮明な性格描写、軽妙な機知とユーモアなどの点では比類なく、その積極的な人間性の主張は高く評価」され、「全イギリス小説史を通じて、代表的な一つの型を示す完璧な作品」(『英米文学辞典』1985)と絶賛される傑作の一つに数えられています。なお、晩年の夏目漱石がオースティンの作風を高く評価し、かれのいう「則天去私」の精神にもとづく小説の例として、しばしばこの『高慢と偏見』を挙げたといわれています。

さて、話を本題に戻しまして、当時の上流階級はなにかと口実をつくっては舞踏会を自宅で開き、大勢のお客さんを招いて楽しい団らんのひとときを持つことが、ほとんど唯一最大の娯楽でありました。と同時に、若い男女にとっては唯一の公認の社交場であり、この舞踏会をとおしていかに良い結婚相手を見つけるかは、将来の生活の安寧にかかわる最大の関心事でした。とくに、女性にとっては「幸福を与えてくれるかどうかはいかに不確かでも、欠乏からいちばん愉快にまもってくれるものは結婚であった」といわせるほどの重みを持っていました。つまり、上流階級の夫人としての身分を得ることが最優先された

夏目漱石

公認の社交場

時代ですから、こんにちの大衆化したダンス・パーティと当時の舞踏会とは本質的に別のものであったという前提が必要のようです。

ダンス・パーティ

舞踏会デビュー

その夜は、ベネット一家の全部のものにとって、楽しく過ぎて行った。ベネット夫人は、彼女の長女がネザーフィールドの仲間を大いに感嘆させているのを見た。ビングリー氏は彼女と二度踊り、そして彼の姉妹は彼女には特にちやほやした。母はもちろん、ジェーン自身もこれを嬉しがった。もっとも母ほどには露骨でなかったけれど。エリザベスはジェーンの喜びを感じた。メァリはビングリー氏が自分のことを、この辺でいちばん教養のある娘として、ビングリー嬢に話しているのを耳にした。それからケァサリンとリディアは、運よく一度も相手にこと欠くことがなかった。今のところ彼女たちとしては、舞踏会で相手があれば、それ以上望むことはないのだった。こういうわけで、一家の人たちは上機嫌で、彼等の住んでいた村、そして彼等が重だった居住者であった村のロングボーンへ帰った。（上21頁）

教養のある娘

『高慢と偏見』

新しい居住者となったビングリー氏の招待する舞踏会に四人の姉妹をつれてのり込んだベネット一家の夫人は大満足で帰っていきます。つまり、自分の娘たちがそれぞれに厚くもてなされ、好印象を残してきたことについて、初めてのビングリー氏の主催する舞踏会としては申し分なし、と感じられたからです。このような招き、招かれる舞踏会がつぎつぎに開かれ、閉鎖的な上流社会の人間関係の密度を増してゆきます。

人間関係の密度

舞踏会の開き方はさまざま

このような、いわゆる伝統的な上流社会の舞踏会の催し方に対して、新しい傾向を予見させるような舞踏会の話が出てきますので、そこに注目してみたいと思います。

新しい傾向

「ちょいと聞いときたいんですけど、チャールズ、あなた本気でネザーフィールドで舞踏会をひらくつもりなの？　それをきめる前に、今日お集まりの方たちの御希望をうかがっておく方がいいわよ。わたしのとんだ誤解かもしれないけど、この中には舞踏会が楽しみというよりか刑罰のように感じる人がなん人かいらっしゃると思うのよ。」

「ダーシーのことを言ってるんなら、」と、彼女の兄は叫んだ、「はじまる前に、なんだったら、寝ちまってもらってもかまわないんだからね――しかし舞踏会のことは、もうきまったんだよ。ニコルズが白スープの用意さえすりゃ、僕は今にも招待状をまわしてもいいんだよ。」

招待状

「わたしは舞踏会の方がどれだけ好きだかわからないわ、」と、彼女は答えた、「ただ、やり方さえかえてもらえたら。でも、そういう会合の普通のすすめ方には、たまらなく退屈なところがあるのね。もしか踊りのかわりにお話が日程になるんだったら、その方がよっぽど合理的なんだけど。」

「よっぽど合理的かもしれないが、カロライン、そうなるとあんまり舞踏会らしくないものになるようだね。」(上88頁)

この時代(18世紀末)の上流社会の舞踏会の開き方にはいろいろの形式があったようです。なかば公的な行事として開かれる舞踏会から、私的な娯楽として催される舞踏会、さらに、何日間にもわたって全員が宿泊し、数多くの催物を間にはさみながら開催するものから、一夕のパーティー形式(ディナー、ティータイム、ダンス、カード、音楽演奏などを組み合わせたもの)にいたるまで、多種多様であったようです。

いろいろの形式

「合理的」な舞踏会の開き方

いま引用した文章からは、数日間にわたる舞踏会が考えられているように思われますが、それ以上に興味を引かれるのは「合理的だ」と考えるその発想法です。たとえば、参会者に予め希望を聞いておいた方がよいとか、たんなる舞踏会ではなくそのすすめ方を改めた方がよいとか、あるいは日程のなかに踊りの代わりに「お話」があった方がずっと「合理的」であるとか、という発想です。じつは、ここでいう「合理的」という発想法には深い歴史的な意味がこめられている、という点に少しこだわってみたいと思います。

イギリス産業革命の諸成果が、ようやく当時の人びとの日常生活のレベルにまでおりてきて、より近代的な意識変革を起こそうとしていた、ちょうど18世紀末という時代にあっては、「合理的」ということばはまさに金科玉条のごとき性格を持っていました。ちょうど、第二次世界大戦後のわが国における生活の「合理化」運動と通ずるところの多い、一種の「近代化」推進運動であったと言ってよいでしょう。「合理的」なるものはすべて「善」であって、その反対の「非合理的」なるものはすべて「悪」として追放されていきました。

その結果が、こんにちのわたしたちが当面している現代社会の諸特質（たとえば、「もののゆ

「合理的」

イギリス産業革命

「近代化」

たかさと心の貧しさ」・大塚久雄）として現象している、という言い回しはいささか論理の飛躍でしょうか。

18世紀末から19世紀前半にかけて展開したイギリスの「合理化」運動をスポーツ史の側面から光を当ててみますと、こんにちまでのイギリスにおける研究成果に依拠する限りでは、もっぱら「伝統的民衆娯楽」としてのスポーツ（たとえば、フットボールや競馬など）の合理化に話題が集中しています。わけても、労働者階級に支持されていた伝統的民衆娯楽の暴徒化を予防するための対策＝「合理的娯楽」（Rational Recreation）運動の推進、という図式で論議されるのが一つの典型となっています。つまり、ここでいう「合理化」とは、暴徒化しないように一定の法秩序のもとに民衆娯楽を管理することを意味しています。これらの具体例については、いずれ別の文学作品をとおして考えてみたいと思います。

ここでは、これまでのスポーツ史研究のレベルでは研究対象から欠落していたと思われる、いわゆる上流社会の私的な舞踏会にも「合理化」の波は押し寄せていたという事実に注目しておきたいと思います。しかも、その「合理化」の内容は、娯楽をたんなる享楽に終わらせるのではなく「教養化」の方向を模索することにあったという点も見逃してはならない、と思います。

「伝統的民衆娯楽」

「合理的娯楽」

「教養化」

スポーツの「シーズン制」の起源は？

「これはいったい、なんてことでしょう？』ダーシー氏が出て行くと、すぐにシャーロットが言った、「親愛なエリザ、あの方はあなたに恋をしていらっしゃるんだわ。でなきゃ、あんなに親しそうに、わたしたちを訪ねてくるはずがありませんもの。」

　けれども、エリザベスが彼の黙りこんでいたことを話すと、いくらシャーロットが恋と思いたくても、どうもそうではないらしかった。そしていろいろの憶測をほしいままにしたあげく、彼はなにもすることがないのでぶらりと出てきたのだろう、という想像におちついた。季節が季節だから、そういうこともないとは言えなかった。すべての野外遊戯の時期はすぎていた。家の中には、ケァサラリン夫人と本と撞球台とがあったけれど、男はそういつもいつも家の中ばかりにいられるものではない。なにしろ牧師館はつい眼の先にあるし、そこへ行く道も楽しいし、そこに住む人たちも面白いし、と言ったわけで、二人の従兄弟はその時分から、つい毎日のようにそこへ出かけてくるようになった。（上277～278頁）

恋

野外遊戯

スポーツの「シーズン制」というものが、いつごろ、どのようにして生まれてきたのか、という質問をかつてされて困ったことがあります。意外にもこういうことは解っているようでいて、じつは精確なところは解っていないのです。こんにち推定できることは、狩猟のシーズン（鳥、キツネ、ウサギ、シカ、イノシシ、など、それぞれの繁殖期と肉の味覚のよい時期などを勘案して、自然に定まったと思われる）や農耕儀礼にまつわる祝祭的なゲームやスポーツが基本になっていて、近代に入って社交のシーズン（ロンドン、バース、ブライトン、自領の荘園を季節によって棲み分ける上流階級の習慣）、海水浴のシーズン（18世紀末までは混雑する夏は中流階級、シーズン・オフの春と秋の静かな海岸は上流階級）などが加わり、さらにパブリック・スクールにおけるスポーツのシーズン制のようなものが徐々に形成されていったのではないか、という程度のものです。これ以上のことは一つひとつの具体的な事例を確認していく以外にはありません。文学作品はそのためのきわめて有効な素材を提供してくれる分野の一つで、もっともっと見直されてしかるべきだと思います。

さきの引用はもとより、この作品全体を流れている雰囲気から推定してみますと、春から秋にかけてはまさに「野外遊戯」の時期に相当しており、狩猟や釣り、遊楽旅行、海水浴、などの話題が展開しますが、冬になると、室内遊戯の撞球、カード、舞踏会（オール・シーズンと考えた方がよいかも知れません）、散歩、などに限定されてしまいます。18世紀末、

「シーズン制」

文学作品

春から秋

冬

イギリス上流階級の楽しんだスポーツの一側面が、わずかながらも浮かびあがってくるように思います。

人気スポットは「ブライトン」

「ブライトンに行けさえすりゃね！」ベネット夫人が言った。

ブライトン

「そうだわ！ ――ブライトンに行けさえすりゃ！ でもお父さんがとてもしぶるんですもの。」

「ちょっと海にでもはいると、わたしはすっかり丈夫になれるんだけどね。」

「フィリップスの叔母さんは、海水浴はわたしのためにもいいっておっしゃってるのよ、」

海水浴

と、キッティが口を添えた。

ロングボーン家に絶えずひびきわたっていた悲嘆の声は、このようなものであった。

（下26～27頁）

ブライトンは、１８３０年代以降の鉄道時代の幕開けとともに、イギリスでもっともポピュラーな海水浴場として大勢の人びとが押し寄せるようになりますが、それ以前、つま

鉄道時代

り、この物語に出てくるブライトンはまだまだ上流階級のごく限られた人びとのための海水浴場にすぎませんでした。なぜなら、ロンドンからブライトンまで馬車で2日間を要したといいますから、その時間と経費から考えても、そのような遊興を楽しめる人間は限られていたということです。

馬車

さびれた一漁村にすぎなかったブライトンが、長い歴史と伝統を持つ温泉浴場バースにとって代わって、上流階級の社交場として華々しく登場するのは、一つには常備兵の連隊がブライトンの近くに駐屯していたということが考えられそうです。

常備兵

ブライトンのお目当ては「駐屯兵」

「……××シアの連隊がメリントンをひきあげちゃうんだもの。二週間としないうちに、ひきあげるはずよ。」

「そうかしら？　ほんと？」エリザベスがすっかり満足して、叫んだ。

「ブライトン近くに駐屯することになるのよ。パパがわたしたちみんなを、この夏中あそこへつれて行ってくれるといいわね！　とても楽しい計画でしょう。それに費用なんかちっともいらないと思うわ。ママだって、行きたくていらっしゃるわよ、なにをする

夏中

よか！　考えても御覧なさいな、そうでもしなかったら、どんなにみじめな夏になるかしれやしないわ！」
「なるほどね、」と、エリザベスは心の中で考えた、「それは楽しい計画だろうね、まったく！　そうなりゃ、わたしたち一ぺんに往生しちまうだろう。やれ、やれ！　国民軍の貧弱な一連隊とメリトンの月々の舞踏会とで、いいかげんうんざりしてるのに、ブライトンと全駐屯兵か！」（下11～12頁）

　ここに明らかに、駐屯兵をお目当てにブライトンへ夏を過ごしに行きたいと切望する人間が描かれています。と同時に、そういうものはもううんざりだと感じている人間が地方にいた、ということも興味深い事実です。いずれにしましても、上流階級の若い女性たちの多くが若き将校（予備軍）を求めてブライトンに押し寄せたことは間違いありません。しかし、こうした現象をもう一歩踏み込んで考えていってみますと、そこには現実上の、きわめて切実な問題があったことを、この物語は教えてくれます。

　それは、当時のカントリー・ジェントルマンの子女の交際範囲というものはごく限定されていて、見ず知らずの異性と知己を得ることは並大抵のことではありませんでした。ですから、連隊が移動してきて、ある地方に駐屯することになれば、その地方をあげて大歓

若い女性
若き将校
交際範囲

迎のパーティが催され、夜ごとの舞踏会が開かれたわけです。そして、ひたすら新しいカップルの誕生することを、周囲全体が一丸となって熱いまなざしで見守ったという次第です。その新しい男女の出会いには「高慢と偏見」がつきものであり、それがこの小説のモチーフになっているというわけです。

夜ごとの舞踏会

ジェントルマンの「遊覧旅行」

「遊覧旅行」

ところで、この時代の上流階級の楽しみの一つに「遊覧旅行」と呼ばれるものがあります。わが国の伝統的な表現を借りれば「物見遊山」というところでしょうか。この物語には、北部の湖水地方への旅行をはじめ、マトロック（ダービシアの有名な温泉町）、チャッツワース（有名なディヴォンシア侯爵の屋敷のあるところ）、ダヴデール渓谷、ピーク山岳地帯、などを転々と旅行していく話が出てきます。なかでも興味深いのは、カントリー・ジェントルマンの所領地（荘園）やその建物、家具、調度品、などを訪ねていって見せてもらう、またそれに応対して見せる、という風習のあったことです。もちろん、見せる方はもとより、見る方もジェントルマンでなければならなかったようです。

……ペムバリーは彼等の通り道ではなかったが、通り道から一、二里以上離れてはいなかった。前の晩に道筋について話し合った時、ガードナー夫人は、ペムバリーに寄ってみたいと言った。ガードナー氏は、自分は賛成すると言い、そこで叔母はエリザベスに賛成を求めた。

「ねえ、あなたはずいぶんと話に聞いている場所を見たいとは思わない?」叔母は言った。「それにあなたの知っているたくさんの人と縁の深い場所じゃありませんか。あなたも知っているように、ウィカムだって、若い時はずっとあそこで過ごしたんですよ。」

エリザベスは困ってしまった。自分はペムバリーにはなんの用もないような気がした。それで、彼女はやむを得ず見たくないという風をした。自分は大邸宅には倦き倦きした、あまりたくさん見て歩いたので、うつくしい敷物や繻子の窓掛けも鼻についたと、白状しなければならなかった。

ガードナー夫人は、馬鹿なことを言うのではないとなじった。「ぜいたくな家具のはいったただ立派な家というだけのことなら、」彼女は言った、「わたしだって見たくもなんともありませんよ。屋敷がみごとなんですよ。国内でも第一と言われるうつくしい森がいくつかあるんですよ。」(下43~44頁)

ペムバリー

大邸宅

屋敷

こんなふうにして大きなお屋敷を見物して歩くのも、遊覧旅行の楽しみの重要な要素として欠くことができなかったようです。気に入れば近くのホテルに何日も滞在して、お屋敷の中を散策したり、眺望を楽しんだりもしています。

散策・眺望

皇居の16倍の広さのある荘園見物

彼等は森にはいった。しばらく川に別れをつげて、小高い丘をいくつかのぼった。木立がとぎれて見晴らしのきくところどころからは、谷間と、多くは長い木立の列におおわれている丘のうつくしい景色が見え、また流れの一部分が見えることもあった。ガードナー氏は、全荘園を一周してみたいのだが、一度では歩ききれないかもしれない、と言った。園丁が得意そうに微笑して、周囲十マイルあります、と言った。それで話がきまって、彼等は通常の道順をたどることにした。（下58頁）

全荘園を一周

一マイルは１６０９ｍですので、一周16㎞もある荘園ということになり、面積にすると、なんと皇居の16倍の広さということになります。これなればこそ、自分の屋敷内で狩猟を楽しんだり、いろいろの祝祭的な競技会を催したり、またそのスポンサーとして地域住民にサービスしたりすることも可能であったという次第です。もちろん、その背景には、当時のイギリス人口の１％に満たないカントリー・ジェントルマンがイギリス全土の半分以上の土地を所有していた、というきわめて特殊な土地所有の現実があったことを見逃すことはできません。

土地所有

スポーツマンの原点は荘園で狩猟をするジェントルマン

……ネザーフィールドの家政婦は、数週間猟をするために一両日のうちに帰ってくる主人をむかえる用意をしておくようにとの命令をうけとったのであった。（下176頁）

数週間猟をする

とか、

……で、ビングリーに、あなたはさしあたりしばらくでも田舎に滞在するおつもりですか、とたずねた。二、三週間はいるつもりだ、と彼は答えた。

「あなたのところの鳥をすっかりおうちになったら、ビングリーさん、」と、母が言った、「どうぞこちらへいらしって、ベネットの領地で、お好きなだけおうちになるとようござ

いますよ。主人はきっと、大喜びで承知し、上等の群れをあなたのためにとっておきますでしょうから。」（下186頁）

というような情景も、カントリー・ジェントルマンが広大な土地を所有するという特殊な事情があって初めて可能であったという事実を忘れてはなりません。このような前提に立つ伝統的な真正ジェントルマンと、19世紀後半に台頭してくる「疑似ジェントルマン」（村岡、川北）とは、そのよって立つべき基盤がまったく異なるという点を、ここでは特に注目しておきたいと思います。こんにち、ひとくちにジェントルマン・シップとか、そこから派生したと考えられているスポーツマン・シップとか呼ばれているものの原点は、先祖伝来の大土地所有者であるカントリー・ジェントルマンの生き方のなかから生まれたものである（『トム・ジョウンズ』を参照のこと）、ということを肝に銘すべきかと思います。したがって、つぎのような一文も、一度じっくりと吟味しなおす必要があろうと思います。

火曜日には、ロングボーンに客が大勢あつまった。そして、いちばん心配して待たされていた二人は、さすがに遊猟家の時間厳守をはずかしめないで、ちゃんと時間をまもってやってきた。（下190頁）

上等の群れ

広大な土地を所有

真正ジェントルマン

スポーツマン・シップ

時間厳守

『トム・ジョウンズ』

フィールディング著、朱牟田夏雄訳、岩波文庫

――「スポーツマンシップ」という言葉の初出小説

はらはらどきどきの感動物語

この作品は本当に感動につぐ感動の物語です。主人公トム・ジョウンズが善も悪も同時に担って生きていく生身の人間として、もののみごとに描かれているからです。たとえば、トムが恋人のソファイアに身も心も焼けこげてしまいそうなほどの純愛を捧げながら、一方ではゆきずりの女性と浮気をしてしまうという具合に、どこにでもいるごく普通の〈男〉として描かれているのです。おまけに、その浮気が恋人に発覚してしまい、さんざん苦労した挙げ句にやっと円満解決をとげる、という具合です。というのも、わたし自身が、初めのうちこそかなり冷静に〈スポーツ史〉的な視線を送りながら読み進めていたのですが、いつの間にやらそんなことはトンと忘れてしまい、驚くべきストーリーの展開に完全に引き込まれてしまい、われを忘れてはらはらどきどき胸躍らせるたんなる一読者と化していたことを素直に告白しなければなりません。それでもなお、気を取り直してこの作品のスポーツ史的な位置づけをしておきますと、つぎのようになりましょうか。

生身の人間として

〈スポーツ史〉的な視線

「スポーツマンシップ」とボクシングと

まず第一に、この作品の書かれた１７４９年当時のジェントリー（大地主）たちの最も愛好した〈狩猟〉が、当時はまだ定着していなかった新語＝Sportsということばを用いて、断片的にではありますが、ここかしこに登場する点に注目したいと思います。とりわけ、"sportsmanship"ということばを最初に用いたのは、フィールディング（H.Fielding 1707 - 54）がこの作品において、であったという点できわめて重要な作品です。つまり、「スポーツマンシップ」の原点は「狩猟家の精神」にあり、それを形成したのは当時のイギリスのジェントリーと呼ばれる「大地主」たちであった、という次第です。

第二に、ボクシングが「合理化」されていく時代背景を知る上で重要な文献であります。つまり、ボクシングの近代化に大きな貢献をしたブロートン（John Broughton 1705 - 89）とフィールディングは二歳違いの同時代人であり、この作品の書かれる直前の１７４２年にブロートンは、ボクシング学校を開設して大変な評判を呼んでいました。しかも、この作品の主人公トムは、まさに「狩猟家の精神」に満ちあふれた「スポーツマンシップ」の権化のように描かれており、いつでも弱者の側に立つ、正義感に支えられた喧嘩の情景がひっきりなしにくりひろげられています。こうしたジェントルマンのための喧嘩の技術を教える学校としても、ブロートンの開設したボクシング学校は人気を博しました。こうしたこ

１７４９年

"sportsmanship"

「狩猟家の精神」

ボクシング

喧嘩の技術

とから想定できますことは、ボクシングの合理化過程とスポーツマンシップは表裏一体の関係にあったと考えられるからです。

このテクストの魅力は、大きくは以上の二点に要約できると思います。その他には、決闘の持つこの時代の意味、上流階級の仮装舞踏会、夜会、など考えてみたい素材がふんだんに盛り込まれています。しかし、それらのすべてを取り上げるわけにはいきません。が、紙数の許す範囲でそれらにも触れてみたいと思います。

「スポーツマンシップ」ということばの典拠

ジョウンズは近ごろウェスタン氏とはなはだ親密になっていた。彼は五本柵《さく》の門を跳び越したりその他狩猟家としての妙技ですっかりこの紳士を感心させ、地主は、もし十分に力添えさえしてやればトムは必ずたいしたものになると公言していた。おれにもああいう天分のある息子がほしいとたびたび口に出し、ある日は酒宴の席で、国じゅうのどんな狩猟家を相手にしてでも、自分の金を千ポンド賭けて、トムにちゃんと猟犬の群れを使わせて猟をやらせてみたい、とおごそかに公言したこともあった。

そのような才能によってすっかり地主の気に入っていたから、その食卓でも最も歓迎

決闘

狩猟家としての
妙技

される客であり、猟の時はお気に入りの相棒《あいぼう》であった。地主の大事にしているすべてのものが、銃でも犬でも馬でも、まるで自分のもののようにジョウンズの意のままに使えた。(一 147〜148頁)

O.E.D.(Oxford English Dictionary)によれば、さきに述べた「スポーツマンシップ」ということばの初出典拠はこの部分ということになります。さらに厳密に確認しますと、引用の冒頭部分の「その他狩猟家としての妙技で」というところです。原文は、〝……and by other acts of sportsmanship〟です。訳者の朱牟田氏の名訳には完全に脱帽するほかありませんが、それ以外の訳も可能ではないかと思います。まず、原文の全体の構文を引いてみますとつぎのようです。

He had……greatly recommended himself ……by leaping over five barred gates, and by other acts of sportsmanship.

たしかに、「五本柵の門を跳び越す」ことは獲物を追い込んだときの狩猟家(= sportsman)の「妙技」の一つに違いありません。しかし、gates のところでカンマをつけて文をいったん区切り、and でつないだフレーズのなかの sportsmanship には、それが〈初出〉であるだけに、もう少しなにかの意味が込められていたのではないか、と思いたくなってしまいま

「スポーツマンシップ」

「五本柵の門を跳び越す」

その他の行為

す。たとえば、「狩猟家の精神にみちあふれたその他の行為」と訳してみるとどうでしょうか。「門を跳び越す」技術と「狩猟家らしい精神」とを合わせ持つことによって、つぎにつづく文中の「天分」とか「才能」ということばとも照応するように思うのですが……。もちろん、お断りするまでもなく、文学的な関心をとび越えてもっぱらスポーツ史的関心からの「意訳」にすぎませんが……。

もし、このような読み取りが可能だとすれば、「狩猟家精神にみちあふれたその他の行為」というものをいったいフィールディングがこの作品のなかでどのように描いているのか、興味が湧いてきます。

「狩猟家精神」＝スポーツマンシップ

高潔で寛大な心

……ほんとうに、あのかたくらい高潔で寛大な心を持ち、あくまで友情に徹し、どこまでも誠実で、その他にも人間を高貴ならしめるあらゆる美徳をそなえた人というのはありません。なにがしかの欠点はありますが、しかしあなたへの義務や感謝を忘れるということだけは小指の先ほどもありません。それどころか私はよく知っていますが、勘当を申し渡された時もわが身のためよりもあなたのためを心配して、熱い涙をそそがれた

のです。（四 190頁）

この引用も主人公トム・ジョウンズの人柄を描写した部分です。このような描写はここかしこに出てきますが、さきの「狩猟家精神にみちたその他の行為」に相当する部分を抜き出してみますとつぎのようです。

……トムは友を裏切ったり約束を破ったりするよりはむしろ打たれて赤むけになるがましと考えていた。（一 117頁）

ここには、いわゆる騎士道精神に通じる多くのものが含まれていますが、それらとも、若干異なるものが加味されて「狩猟家精神」（sportsmanship）が形成されているように思います。このような18世紀半ばに新しく生まれた「スポーツマンシップ」ということばの意味が、このあと１００年間に大きく変化することはいうまでもありません。それは同時に「スポーツマンシップ」を支える「ジェントルマン」の質的転換をも意味していました。このあたりのことについては、また別の作品をとりあげてみたいと思います。

騎士道精神

18世紀半ば

娘よりも狩猟の方が大事

さて、話題を転じて、この時代の地主たちが実際に行っていた狩猟がどんなものであったのか探ってみたいと思います。トム・ジョウンズの恋人・ソファイアが、父親に別の男との結婚を強要されたために家出し、その娘を追跡中の父親が偶然ある地主の狩猟に参加する話が、この作品のなかでは一番詳しく狩猟を描写していますので、それを素材にして考えてみることにしましょう。

狩猟

「娘なんか犬にでも食われろ！」　地主が答える、「わしは猟に絶好のこういう朝を損したのを悲しんでるんだ。どうみてもこのシーズン第一の猟日和《りょうびより》に、猟ができんとはいまいましいことだ！　それもこんなに霜がつづいたあとに！」（三129頁）

猟日和

ソファイアの父親、すなわち、ウェスタン氏は無類の狩猟狂いとして描かれているわけですが、それにしても最愛の一人娘の追跡を放棄してまで狩猟をしたいという心理は、とても現代日本の小市民には理解できません。「娘なんか犬にでも食われろ！」というのは単なる呪いの言葉ではなくて、かなり本気だということがわかりますと、もっと驚いてしま

狩猟狂い

います。たとえば、他のところに出てくるつぎのような描写と重ね合わせてみますと、はたと腕を組んで考え込んでしまいます。

　ウェスタン氏のソファイアへの寵愛は日ましに募って、ついにその愛犬さえ氏の心に占めていた席をほとんど彼女に譲らんばかり。が氏とても愛犬を見棄てる気にはとてもなれぬ。（二207頁）

愛犬

娘と愛犬（＝狩猟犬）は対等どころか、愛犬の方が地位が上なのです。ですから、絶好の猟日和に遭遇しているというのに、娘の追跡をしなくてはならぬわが身のみじめさを、この地主は本気で怒っていると考えざるを得ません。だとすれば、このすぐあとにつぎのような描写がつづくのもむべなるかなという次第です。

他人の狩猟に「飛び入り」参加

　……遠からぬところにとつぜん一団の猟犬がさわやかな声をあげた。地主の馬も乗り手もそれを聴くとたちまち耳をそばだて、地主は「逃げた、逃げた！　確かに逃げたぞ！」

一団の猟犬

と叫ぶと、即座に馬に拍車をくれた。馬も主人と同じ気性のことだから拍車の必要はない、さっそく一行は小麦畑にとびこんで、ときの声をあげつつまっすぐに猟犬のあとを追えば、あわれな牧師もやれやれと吐息をつきつつ殿《しんが》りを勤めた。（三129～130頁）

牧師

血が騒ぐと言うべきでしょうか、一団となって走っていく猟犬の声を聞いただけで身も心も完全なる狩猟家（＝sportsman）になり切ってしまう、しかも他人の狩猟のなかに飛び入りしてしまうというのですから、このあたりもすでにわたしたちの感覚からはほど遠いものがあります。しかし、よく考えてみますと、この時代のイギリスのジェントリーと呼ばれる大地主の数というのはほんのわずかなものでしたから、お互いに名乗り合いさえすればただちに了解をとりつけることができるという安心感はあったろうと思います。つまり、特権階級同士の暗黙の了解とでも呼んだらよいでしょうか。

ジェントリー

猟犬は必死で追いすがる。地主も垣を越え溝を越えて、いつもの叫び声、いつもの素早さ、それにいつもの喜びまでも味わいつつ追いかける。その間ソファイアのことが頭に浮かんで猟の満足を妨げることなどは一度もなかった。彼に言わせればこんな快適な猟はまったく初めてで、こういう猟のためなら五十マイルやってくれる値打ちは十分に

垣を越え溝を越え

あると言うのだった。地主が娘を忘れるくらいだから召使いどもが令嬢を忘れるのは想像に難くない。牧師ははじめはあきれたあきれたとラテンで独りつぶやいていたが、結局これまた令嬢のことはすっかりお留守になって、だいぶ後からゆるゆる馬を歩ませつつ、次の日曜の説教の一部を考えはじめた。（三130〜131頁）

狩猟隊

かくして、召使いも牧師も巻き込んで、つまり、捜査隊変じて狩猟隊となる、という次第です。こんな大部隊が突然なだれ込んできたら、先に狩猟をしていた地主の方が迷惑だろう、と思うのもどうやら小市民的杞憂にすぎないようです。

猟犬の持ち主の地主も、同じ猟好きのこの地主の到着に大満悦。人間はそれぞれの流儀で人を評価するもので、この道にかけてはウェスタン以上の熟練者はなく、叫び方一つで犬を励まし猟を活気づける術を彼以上に心得た者はないのだった。（三131頁）

「階級意識」

迷惑どころか「大満悦」というのですから、やはり育ちの違いといいましょうか、「階級意識」の違いを見せつけられる思いがします。もっとも、ウェスタン一行がとび込んでいった小麦畑はもとより、見渡す限りの野原も森林も丘陵もすべて自分の土地だということになれば、ジェントリーの美徳の一つといわれる「寛大さ」もみずから身につこうというものです。ましてや闖入者が狩猟のベテランで身分の高い人となれば大歓迎というのも、当然といえば当然の話。それにしても、こういう階級の人びとが狩猟をとおして生きていく上での美徳とされる要素を集積しながら「スポーツマンシップ」ということばの原型となる概念をつくり上げていったのだ、という事実だけは忘れてはならないことだと思います。

「寛大さ」

猟好きは追跡に夢中になると儀礼などはいっさい忘れる、いや人間としての務めさえ顧みない。仲間の一人が誤って溝や川に落ちたとしても、他の者はおかまいなしに先を急いで、落ちた者を運命にまかせるのが普通である。したがってこの二人の地主も、ときどき接近はしながらひとことも交わさなかった。ただ猟の主宰者のほうは、道をまちがえた犬を引きもどす客のたいした手なみにしばしば感心して、これはたいした伎倆の男と舌を巻き、同時にお供の数の多さから、相手の身分に少なからぬ敬意を抱いた。そこで小さな獲物の死によって猟が終わりを告げるや否や、二人の地主は面とむかい合って、いかにも地主らしい挨拶を交わした。

猟好き

得物の死

会話はなかなかおもしろい会話で、付録か何かにならば載せてもよいのだが、この物語には何の関係もないことであるから、ここにページを割く気持にはなれない。その後に

食事の招待

もう一度猟がつづき、さらに食事の招待がつづいて、客もこれを受け入れ、歓をつくした酒宴となり、その後はウェスタン氏の快い仮睡となった。

この宵我らの地主の酒量は、この家の主《あるじ》にもサプル牧師にもはるかに及ばなかった。ただし心身の猛烈な疲労が原因であって、いささかも彼の名誉を傷つけるものではなかった。俗に申せばズブズブに酔いつぶれた、というのは三本目を……後略。（三131頁）

「飛び入り」狩猟

以上が突然はじまった「飛び入り」狩猟のおおよその経過です。このあと一行は猟の主宰者のところで一泊し、翌朝また旅に出るということになります。この引用の前後の描写と合わせて考えてみますと、どうもこの狩猟はシーズンの開幕を告げる「最初の」ものであったようです。

狩猟のシーズン

「シーズン制」

そして、狩猟のシーズンは「霜どけに始まって降霜に終わる」となっていたようです。これは馬の蹄の都合であったのか、それとも獲物（主として、キツネ、ウサギ、シカ）の関係でそうなったのか、そのあたりは定かではありません。いずれにしても、スポーツの「シーズン制」の発端は狩猟の「シーズン」であり、その目安は「霜」であったというのは興味深いことです。

ジェントルマンの唯一の仕事は「遊ぶこと」

さて、以上で狩猟の話を打ち切りにして、第二のボクシングの話に移りたいと思います。まず初めに、われらの主人公トム・ジョウンズがロンドンで間借りをしたところに同じように住んでいた一人の紳士の話から入りたいと思います。

ボクシングの話

二階に住む若い紳士は、前の時代ならロンドンの頓才ある遊び人と呼ばれた連中の一人で、その名称も当時はまことにもっともであった。人間は通常その商売ないし職業で呼ばれるものであり、有用な仕事をまったく必要としない運命にあるこれら紳士たちの唯一の職業は、遊ぶことであったといえるからである。劇場、コーヒー店、居酒屋などが彼らの落合い場所であり、退屈な時の楽しみは頓才や諧謔《かいぎゃく》をふりまわすこと、もっとまじめな時の仕事は恋であった。酒とミューズで力を合わせて彼らの胸にいとも明るい炎をかき立て、また彼らは単に美を賛美するだけでなく、なかにはその賛美する美を詩文に詠じ得る力をそなえた者であり、それらの詩文の良否を判断する能力に至っては彼らのことごとくがそなえていた。（三218〜219頁）

遊ぶこと

仕事は恋

詩文

この手合いの若い「紳士」が当時のロンドンには大勢たむろしていて、一種独特の文化を形成していたことはよく知られるとおりです。そして、紳士としての名誉を守るための暴力ざたもまた日常茶飯事のように起こっていたこともよく知られています。ときには、紳士が雇っている下僕とも格闘しなければならないことがしばしばありました。さきの若い紳士もご多分にもれず、自分の下僕に襲われてあわや一命を、という時にジョウンズが応援に駆けつけます。

暴力ざた

喧嘩好きは「名誉心」が強いから

凶漢は、気は強いが力の弱いこのチンピラ紳士から何度か蹴られたりなぐられたりしたのだが、主人をなぐることは多少良心にとがめたと見えて、ただ首を締めるだけで満足していたらしかった。がジョウンズに対してはそんな遠慮はないから、この新手の敵からいささか手荒な扱いを受けたと知るや、腹部めがけて猛烈な拳《こぶし》のひと突き。ブロートン競技場の見物衆ならこういう拳の飛ぶのを見て得も言われぬ喜びをおぼえるのだが、受けてはあまりうれしいものではない。

ブロートン競技場

こちらも屈強の若者だから、この一撃を受けてはたちまち丁重な返礼を考え、ここに

『トム・ジョウンズ』

一騎打ち

ジョウンズと下僕との一騎打ちが始まったが、戦いは猛烈なだけで長くはつづかなかった。前に下僕の主人が下僕の敵でなかったごとく、今度は下僕がジョウンズの敵ではなかったのである。（三 220頁）

喧嘩好き

このような喧嘩はほんとうに珍しいことでもなんでもなく、この作品のなかだけでもかぞえられないほど出てきます。そして、作者フィールディングはイギリス人の喧嘩好きを「名誉心」が強いからだと説明し、「友だち同士の喧嘩は、拳《こぶし》なり剣なりピストルなり、好きなものでいわば友誼的に正々堂々ととことんまでやって、あとはさっぱりとする」のが一番良い、と他のところで語っています。こんな調子で、しょっちゅう喧嘩をしていないと自分の「名誉」が守れないとなれば、当然のことながら喧嘩のテクニックというものが要求されるのは自明です。

一流の拳闘家

やっと立ちあがった下僕は、ジョウンズにむかって頭をふりふり分別くさい顔で叫んだ、「もう金輪際《こんりんざい》あんたには手を出さん。あんたは檜舞台《ひのきぶたい》に出たことがあるにちがいない。」この嫌疑もいちおうもっともで、我らの主人公の敏捷さと腕力は一流の拳闘家にもよく匹敵し得たろうし、ブロートン氏の養成所の覆面の卒業生などは、皆らくらくと打ちの

めし得たにちがいないのだ。（三220〜221頁）

さきの引用につづいて二度までも「ブロートン」という名前が出てきます。ブロートン(John Broughton 1705 - 89) については冒頭にも述べましたが、当時もっとも有名な拳闘家で、１７４２年には自ら闘技場を建て、プロモーター兼選手として活躍しました。また、１７４３年には有名な「ブロートンズ・ルール」を公にして、ボクシングを野蛮ななぐり合いから「健全な」スポーツへと転身させる上で大いに貢献しました。

ブロートン
「ブロートンズ・ルール」

上流貴顕の各位のための「覆面」

なお、ブロートン氏の養成所の「覆面」のところには〈原注〉が付されていますので、それを引いてみたいと思います。

「覆面」

f（原注）　後の世の人がこの形容詞にまごつかぬように、一七四七年二月一日付の広告文によって説明するのを余は適当と考える。文にいわく、

広告――ブロートン氏は、拳闘の奥技に達せんと欲する人々のために適当な助力を得て

拳闘の奥技

へイマーケットの自宅において研究所を開設せんとする。同所においてはこの真に英国的な技術のあらゆる理論と実際とが、戦闘員に必要な各種の防ぎ手、打撃、腰投、等々をふくめて、徹底的に教授説明されるであろう。なお、上流貴顕の各位もこれらの授業に列し得るよう、授業に際しては研究生の繊細な体格体質にも十二分な顧慮が払われるであろう。そのためには覆面が施され、これを用いれば、目にあざを作る、あごを骨折する、鼻血を出すなどの不都合は、絶対に心配無用である。（三221頁）

上流貴顕

この「覆面」がどのようなものであったのかは、手元にあるわたしの資料（文献）からは確認できません。それどころか、ブロートンがこんにちのグローブの創案者であることはどの文献にも出てきますが、ここでいう「覆面」についてはひとことも出てきません。この部分は作者フィールディングの創作かもしれないという心配もありますが、ここに引用されている〈広告〉はこの作品が出版される二年前のものとして、日付まで入っていることを考えればフィールディングの創作とも思われません。

グローブ

「覆面」と「グローブ」の創案

とすると、この「覆面」はいったいなんだったのでしょうか。覆面の原語は〝mask〟ですから、フェンシングや野球で用いられているマスクのようなものをかぶったのでしょうか。それとも、こんにち、アマチュア・ボクシング（あるいはプロのスパーリング）で用いている「ヘッドギア」（head-gear）のようなものをかぶったのでしょうか。この点については確固たる証拠がありませんのでいずれとも断定はできませんが、つぎのような推定はできそうです。

マスク

「ヘッドギア」

この時代のボクシングはすべて素手で闘う「ベア・ナックル」（bear-knuckle）でしたから、一撃で目にあざをつくったり、鼻血を出したり、あごを骨折したりしただろうと思います。それを防ぐためには覆面《マスク》をかぶればよい。とりわけ、上流貴顕の各位には顔を守るには好適である、というわけです。しかも、素手で打つとなれば手の方も相当に鍛えておかなければ、簡単に手を痛めてしまうことになります。となれば、その手も守らなくてはなりません。その素手を守るためにブロートン氏はグローブを考案した、けれどもマスクはどうもかっこう悪い（あるいは、男らしくない）、ではマスクをはずしてグローブだけで闘えばよい――かくして、グローブだけがブロートンの創案としてこんにちに伝えられているのではないか、これがわたしの推定です。

「ベア・ナックル」

もう少し補足しておきますと、ブロートンのつくったボクシング学校は二つの目的を持

ボクサーを養成

馬具

っていて、一つは、ボクシング・ファイトをして金を稼ぐボクサーを養成することであり、もう一つは、護身術のために、もっとはっきり言ってしまえば、ジェントルマンたちが名誉を守るための喧嘩術を習得するためでした。しかも、この学校に集まってきたのは少数のボクサー志願者を除けば、圧倒的多数は上流階級の子弟たちでした。つまり、紳士として名誉を守るための喧嘩術を習得したいという人びとがほとんどでしたから、ボクシングは初めから上流階級の人びととハッピーな結びつきを保ちながら歩を共にしていきます。ですから、ブロートンの思いついた覆面はこれら上流階級の子弟を集めるためのナイス・アイディアであったわけです。とすれば、こんにち、用いられているヘッドギアはもともと馬の頭部につける馬具のことを意味していますから、そんなものを上流階級の子弟が喜んでつけるとは思われませんので、ここでいう覆面とは「マスク」そのものであったと考えてよさそうです。

フィールディングの心象風景

ふたたび前の引用に戻りまして、「ブロートン氏の養成所の覆面の卒業生」ということばの意味もここにきてようやくはっきりとイメージを持つことができたと思います。さらにもう一点、ブロートンのボクシング学校が隆盛をきわめた背景には、この当時のロンドンの治安の悪さがあったことを指摘しておく必要があるでしょう。あの悪名高き盗人ジョナサン・ワイルドが悪事のかぎりをつくして絞首台の露と消えたのは1725年5月24日ですから、ロンドンはまだその延長線上にあったばかりでなく、一段と犯罪が凶悪化し、「夜ともなると道路の向かい側に買い物に出るのさえ、身の危険が伴う」といわれたほどです。「筋骨たくましく」、喧嘩にも強いジェントルマンであることは、ロンドンのような大都市で生活するかぎり必須の要件であった、ということが言えそうです。

　蛇足ながら、作者フィールディングは作家としての地位を確保してのち独学で弁護士の資格を取得し（30歳代前半）、41歳にしてロンドン市西部のウェストミンスター区の治安判事に就任、名治安判事としてその名を残しています。さらに、かれの後継者として異母弟のジョンがその地位につき、ロンドンの警察行政をつぎつぎに改革していきました。のちにこの兄弟は近代警察のひな型として世界の注目を集めることになった「スコットランド・ヤード」（『探偵は絹のトランクスをはく』を参照のこと）の原型を築いた功労者としても高く評価されるところとなりました。

　いずれにしましても、18世紀半ばの、これから産業革命が加速化していこうとするこの時期に、片やロンドンの治安が乱れに乱れてしまって、「上流貴顕の各位」がボクシング学

治安の悪さ

「筋骨たくましく」

治安判事

「スコットランド・ヤード」

校に通い、「筋骨たくましい」紳士が一つの理想像として浮かび上がってくるという現実を見据えながら、他方では、のどかな田園に日々を送るジェントリーたちの狩猟生活のなかに「スポーツマンシップ」の萌芽を見ていたフィールディングの心象風景はどんなものだったのだろうか、と妙なところが気になって仕方ありません。

『トム・ブラウンの学校生活』

トマス・ヒューズ作、前川俊一訳、岩波文庫

――ラグビー・フットボールの原風景

トム・ブラウンのラグビー校入学

「坊ちゃん、いよいよラグビーに着きましたよ。先きにお話しましたやうに、校長寮《スクール・ハウス》の昼餐《ディナー》までにはたっぷり時間がありますさあ。」と老車掌はいって、角笛を袋から取出して吹き立てた。馭者は馬をはげまし、道路を学校側に沿って死人角《デッドマンズ・コーナー》をまがり、校門前を過ぎ、本町通りに沿って張翼鷲軒《スプレッド・イーグル》の方に向って行った。後馬は威勢のよいだく足調《トロット》、先馬は普通駈足調《カンター》であったが、それは「チェリーボブ」「跳ね上がり、足踏ならし、疾走し、がなり立てるビリー・ハーウッド」その他昔の歌に出て来るどんな名馬をも恥しめぬ底のものであった。

見事な楡の木があって、いくつかフットボール競技の行はれている広い校庭のそばを通り過ぎるとき、トムの胸は躍った。そして早速、礼拝堂から始まって、校長の居宅である校長寮で終わっている長い長い灰色の建物の並びを覚え込もうとかかった。校長寮の一番高い円塔からは、大旗がゆらりゆらりと揺れていた。(上108頁)

第5章のラグビー校とフットボールの書き出し部分です。「坊ちゃん」はいうまでもなく

ラグビー

フットボール競技

ラグビー校

この小説の主人公トム・ブラウン。イギリスの典型的なカントリー・ジェントルマンの長男として生まれ、11歳にして父を説得し、パブリック・スクールへの入学をはたします。出身地はウィンザー宮殿で知られるヨークシア。そこからロンドンまで父親に送ってもらいますが、ロンドンからラグビーまでの、直線距離にしておよそ200キロは駅馬車にゆられての一人旅です。1835年（推定）11月のある日、真夜中の3時に11歳の少年が寒さにふるえながらロンドンを出発。それを見送る父親は、たとえ「筋骨たくましいキリスト教徒」たるジェントルマンでなかったとしても、やはり祈らずにはいられなかったと思います。この直後にやってくる鉄道旅行時代とは、「旅」に対する意識が（とくに「安全性」という点で）根本的に異なっているわけですから。

カントリー・ジェントルマン

一人旅

ラグビー校の「真の姿」をつたえる物語

さて、今回はトマス・ヒューズ（Thomas Hughes 1822~1896）の名作『トム・ブラウンの学校生活』（Tom Brown's SchoolDays, 書かれたのは1848年から1853年の間、出版は1857年、匿名で）をとりあげてみました。この作品は、ラグビー・フットボールとしてその名をいまに残すことになったイギリスのパブリック・スクール「ラグビー校」での少年たちの生活

ラグビー・フットボール

『トム・ブラウンの学校生活』

トーマス・アーノルド

を描いたものです。とりわけ、スポーツに情熱を燃やす少年たちを暖かく見守る校長トーマス・アーノルド（Thomas Arnold 1795~1842、社会評論家として名を残したマシュー・アーノルドの父）と主人公トム・ブラウンの人間的な結びつきが感動的に描かれています。

スポーツを導入

少し専門的な言い方をしますと、荒れていた当時のパブリック・スクールの秩序を回復させるために、スポーツを積極的に導入して成功した学校として、ラグビー校とその校長トーマス・アーノルドはその名をこんにちにとどめることになりました。つまり、「スポーツ教育」の原点がここにみとめられるというわけです。作者が言うように「その真の姿を、できるだけ忠実に伝える」ことを第一の目的として、この作品は書かれました。したがって、この作品のなかに描かれているフットボール、ボクシング、クリケットをはじめ、祭

民俗スポーツ

りの行事として行なわれてきた伝統的な民俗スポーツ（木刀試合、レスリング、など）、その他もろもろの遊び（ケット揚げ、ラウンダーズ、など）などなどはスポーツ史研究という視点からも第一級の史料ということになります。そのむかし、この小説がパブリック・スクールの実態を知る上での格好のテクストとして、わが国の英文学専攻の学生や一般の学生の間でも広く読まれた時代がある、と聞いておりますので、熟年の方がたのなかには、英文でこの作品を思い出される方も多いのではないかと思います。

「白ズボン」着用の理由

さて、前置きが長くなってしまいましたが、まずはラグビー・フットボールの話題から入っていきたいと思います。

「しかし君は11月だのに、どうして白いズボンなんかはいてるのかね。」とトムはいった。かれは校長寮の生徒のほとんど全部がこういう妙ななりをしているのに驚いていたのである。

白いズボン

「おや、おや、君は知らないのかい――ああ、そうだったね。いやなに、今日は校長寮の対外試合日でね。僕らの寮は全校を相手に（といっても、勿論校長寮生を除く全校生を相手に、という意味）フットボールをやるのさ。僕らは脛蹴りを望んでいないというしるしに、皆白ズボンをはいているのだよ。君は今日来てよかった。早速試合が見られるよ。ブルックは僕にクォーターズで働かせてくれることになった。あの人は外の下級生のだれにだってこんな役をやらせはしないよ。もっともヂェイムズは別だがね。あいつはもう14歳だから。」

脛蹴り

「ブルックって誰のこと。」

「そりゃ君、昼餐のとき名前を呼び上げた大男のことさ。かれは全校を通じての棟梁生徒で、校長寮のチームの主将で、ラグビー校切ってのキックと突進の名手なんだ。」（上118頁）

チームの主将

この引用では、まず「白ズボン」について驚くべき事実を知らされます。いまでこそ色鮮やかなジャージのトレパン・トレシャツが広くゆきわたり、家の中のホーム・ウェアにまで侵入しているというのが実情ですが、ついこの間まで、トレパンといえば「白の綿パン」のことで、「体操ズボン」と呼んでいました。指導者はややクリーム色がかったウールの体操ズボンをはいていて、それはなんともいえぬ格調の高さを象徴するものでした。

「体操ズボン」

そうした「白ズボン」がラグビー校のフットボール用のユニフォームとつながっていて、しかも「脛蹴り」（＝「ハッキング」＝hacking）を望まないというシンボルを意味していたというのです。「ハッキング」については、また別の作品で詳しく扱ってみたいと思いますが、これを認めるか認めないかということがのちに大議論となり、フットボールがサッカーとラグビーに分裂していく直接的なきっかけとなりました。その意味で、「白ズボン」に関するここの描写は大いに興味をそそられます。

「ハッキング」

「ホワイト・カラー」と「ブルー・カラー」

ついでにもう少し想像をふくらませてみますと、この時代のコットンの白ズボンは、イギリスの綿織物工業の発展とも密接にかかわっており、さらに「ホワイト・カラー」、「ブルー・カラー」といった階級のシンボル・カラーとも結びついている、と言ってよいようです。前者については、インドの綿織物工業を犠牲にして発達させたイギリスの綿織物工業という暗い裏面史と、ウール地よりもコットン地の方が汗を吸いやすく、着心地もよい、という利点に支えられて、コットンへの関心が急激に高まった時期と一致していること、すなわち、流行の最先端であったこと。後者については、日本の伝統的な藍染めと同じで、「ブルー」に染めるのは布地を丈夫にするという実用性からはじめられたことであること、したがって、「ホワイト」のままで着用するのは最高のぜいたくであり、おしゃれであったこと、などなどを考えていきますと、たかが「白ズボン」と笑ってすますわけにはいかない、重い裏面史が見えてきます。

　話を戻しまして、ハッキングを避けようという動き、クォーターズ（現在ではクォーター・バック）というポジションの明確化、キックと突進、これらをかぞえただけでも、すでにのちのサッカーとは異なるラグビー校独自のフットボールを発展させていたことがわかります。このような話題が、この作品には満載されていますので先を急ぐことにしましょう。

シンボル・カラー

流行の最先端

クォーターズ

ラグビー・フットボールの勝負の決定方法

「これが一方のゴールだよ、」とイーストはいった、「そして、ちょうどこれと向ひ合って、向うの校長のお邸の壁の下にもう一方のが見えるだろう。ところで試合は、三つのゴールの二つを争うのだ。つまり、ゴールに二回ボールを蹴り込んだ側が勝つのさ。ただしだね、二本の柱の間に蹴り込んだだけでは駄目なんだよ。横木の上を越させなくちゃいけないのだ。この二本柱の間を通るボールだったら、高いのはどんなに高くったっていいのさ。またボールが味方の柱の後に転がり込んだ場合には、それにさわれるようにゴール内にいなきゃならないのだ。敵方にそれにさわられたらゴールにトライされたことになるからね。ところでわれわれクォーターの連中は、ゴールのすぐ前のここで活動して、敵方の大きい連中がボールに追いつかない中にボールをとらへて蹴り返さなきゃならないのさ。大きな連中は全部、僕の前方で活動するわけだよ。スクラムの出来るのも大抵はそこだね。」

トムは友人の専門がかった話を理解しようと懸命になっている間に、尊敬はいや増して行った。そして相手は「オフ・サイド」とか「ドロップ・キック」とか、「パンツ」と

ゴール

横木の上

スクラム

「オフサイド」

か「プレイス・キック」とかいった、種々こみ入ったフット・ボールというすばらしい技術の神秘を説き明かそうとかかったのである。（上119〜120頁）

ラグビー校にセットされたゴールは「18フィートの高さの二本の棒が、約14フィートの間隔を置いて、地面にまっすぐに立っていて、それに約10フィートの高さに、横木が張り渡してあるもの」で、これは現在のものとほぼ同じです。違うのは2本のゴールポストの幅が18フィート6インチに拡がっている点だけです。

約10フィートの高さ

ここで興味深いのは、一定時間内での得点差で勝負が決まるのではなくて、2回ゴール・キックに成功した方が勝ちを制する、という勝負の決定方法です。時間制や得点制がしかれるのはずっとのちのことであって、1830年代のラグビー・フットボールは、まだ多分に中世的フットボールの姿をとどめている、いわゆる移行期（近代化の途中）にあったと言ってよいでしょう。ただ、この作品を通読する限りでは、トライとゴール・キックの関係がいま一つ明確ではありません。推定できますことは、何回かのトライに成功するか、タッチ・ダウンする位置によって、ゴール・キックを行なう権利を獲得する、という順序をふんだようです。したがって、1ゲームの決着をつけるには相当の時間を要したことは想像にかたくありません。この物語のなかでも、一日では決着がつかず、ゲームは2日目に突入しています。

勝負の決定方法

トライ

ラグビー・フットボールの原風景

……ゴールを受け持っている一人の六級生が、部下の者ども（ゴールキーパーの連中）を、ゴールキーパー五ヤードの間隔を置いて、ゴール柱の背後の全地域を占めるように配置していることである。安全で守備の行き届いたゴールはあらゆる好技の基礎である。兄ブルックはクォーターズの主将に向って話しかけている。そしていま歩み去って行く。この若者が自分の部下（軽部隊）を注意深く、味方のゴールと味方の第一線選手（重部隊）との中間の地域（軽部隊）に散開させているさまを見給え。その重部隊もまた分群に分かれて活躍する。まず、弟ブルックとブルドック連——よく注意したまえ——がいる。この連中は、「猛闘部隊《ファイティング・ブリゲイド》」とか、「頑張り屋《ダイ・ハーツ》」とか呼ばれる連中で、暖を取るために馬跳びをやって興じたり、悪戯をし合ったりしている。そして今、グラウンドの中央に立ってキック・オフしようとしている兄ブルックには、それぞれ第一線選手が両翼をなしていて、その各々に勇武の聞こえ高い少年が一人ずつ控えて頼りになっている——こちらがウォーナー、あちらがヘッヂだ。しかし全体を統率する者は兄ブルックであって、かれはロシア皇帝のように専制的であるが、かれを崇拝し、喜んでかれに駆使されようという部下どもを、賢明に勇敢に統治していて、真のフットボール王である。かれが最後に味方の陣容を一瞥する眼つきは真剣で注意深いが、しかし勇気と期待にみちている。私が戦さのにはに出るときに、指揮官の面に浮かんでいてほしいなと思う眼つきである。（上125頁）

フットボール王

このような描写を長ながと引用したことには二つの意図があります。一つは、かくも組織だったラグビー・フットボールが、すでにこの時代に展開されていたことに対する驚きと注目、いま一つは、近代的な軍隊における戦闘体制がそのままラグビー・フットボールのなかに持ち込まれており、まさに「戦術」（Tactics）そのものが真剣に検討されていたことに対する再確認、です。とりわけ、後者についてはいますこしこだわって考えてみる必要があるように思います。

軍隊

ラグビー・フットボールと軍事の関係

作者のトマス・ヒューズ自身がラグビー校の出身者で、しかもトップ・クラスのスポーツマンであったこと、この作品の主人公トム・ブラウンと作者とはほとんど二重写しだと考えられていること、この作品全体をとおして作者のラグビー・フットボール観が随所に

展開されていること、以上の点を確認して、ラグビー・フットボールと軍事との関係を考えてみたいと思います。たとえば、

親愛なる諸君よ、君の眼には本当の戦いだって似たように映ることだろうよ。ただ、少年が大人にかわり、ボールが武器にかわっただけでね。（上127頁）

ボールが武器

という描写や、

……かれらは自分ら側のゴールの防禦などは問題にせず、ボールをうまく自分らの間にはさみ込んで、平坦なビグ・サイド・グラウンドを横切り、まっすぐにこちらのゴール目がけて押し寄せて来る。ちょうどウォータールーの戦いに、斜面を上って新衛兵の縦隊がやって来たときのようだ。（上135頁）

ウォータールーの戦い

というような描写に出くわしますと、この時代のラグビー・フットボールはもはや疑いの余地のない軍事訓練（ことばが不適切であるとすれば、戦争ゲーム、あるいは陣取りゲーム）を意識してつくられたものであることがはっきりしてきます。ですから、ゲームの仕方も現

軍事訓練

在のラグビーにくらべたら随分乱暴なものであったことが、この作品のいくつかの描写から知ることができます。

模範的な「キック・オフ」と「スクラム」

「用意はいいか」

……「用意はいいか。」という叫び声と、いいよという元気のいい応答が交わされる。兄ブルックは足早に6歩ばかり前進すると、ボールはくるくる廻りながら学校側のゴールに向って飛んで行く――中略―― 高く上がった事が一度もないのだ。模範的なキック・オフだ。校長寮側は歓声を上げて突進する。ボールは蹴り返される。かれらはそれを迎えて、すでに行動を開始している学校側の集団めがけて蹴り返す。それから敵味方が接近して、数分間というもの、ある一点で猛烈に湧きかえりながら、大波のように動揺する生徒の群れの外、何も見えない。湧き返っているところがボールの所在点で、そこが俊敏なプレーヤーの活動の場面であり、栄誉も得られるがこっぴどい目にも逢うところである。ドサッ、ドサッという鈍いボールの音と、「オフ・サイドだ、」とか「奴をたおせ、」「あいつをやっつけろ、」「ばんざい」とかいった叫び声が聞こえる。紳士がたよ、これが私らのいわゆる「スクラム」なのです。校長寮の対外試合での最初のスクラムは、

「スクラム」

『トム・ブラウンの学校生活』

私の若い時分には、決して冗談事ではなかったのです。（上126頁）

この引用文だけから、この時代の「スクラム」を想像することはむつかしいかもしれません。そこで、少し補足をしますと、この時の試合の人数は、校長寮側が50〜60人、学校側120人となっています。これだけの人数を念頭において、さきほどの引用文を読みますと、その全体像がみえてきます。さらに「この学期になって、鎖骨を折ったのが二人、びっこになったのが十何人もいるんだからね。去年は一人、脚を折ったっけ」という描写をつけ加えますと、この時代の「スクラム」のすさまじさが姿を見せてきます。しかも、こんにちのスクラムと違って、自然発生的なスクラム状態で蹴り合うのですから、これはいささか常軌を逸しているとしかいいようがありません。この物語には出てきませんが、「ラック」状態になって人間が折り重なり山をなしていてもそのまま放置され、30分も1時間ももみ合いが続くのはあたりまえのことだった、といいますから、最前線に出るフォワードは戦争と同様、決死の覚悟が必要だったと思われます。

「用意はいいか」

１２０人

「ラック」状態

もう一点。さきの引用の冒頭部分に、「用意はいいか」というゲーム開始の呼びかけがあります。このことばを、1903年刊のMacmillan版で確認してみますと、"Are you ready ?" となっています。そこで思い出しますのは、筆者の中学時代に初めてサッカーを教えてくれた先生が、レフェリーは試合開始のホイッスルを鳴らす前に大声で「レディー・ハイ！」とコールするのだ、といわれ全員でこのコールの練習をしたことです。ここでいう「レディー」はおそらく "Are you ready ?" の "ready" だろうと思います。現在のサッカーはなんのコールもなしにただホイッスルが鳴って試合開始のようですが、ちょっと寂しい気もします。

"Are you ready ?"
「レディー・ハイ！」

この、中学時代の驚きにも似た一種の感動をともなったコールと同じ経験を、大学時代に戸田ボート場でしました。「位置について」「用意はいいか」「ドン」という一連のコールを聞いたときの、モゾモゾとしたなんとも得体のしれない心のゆらめきはいまでも思い出します。つまり、「用意はよいか」という古風ないいまわしが、大まじめに、しかもラウド・スピーカーから流れたという情況が、より一層ちぐはぐな感情を呼び起こす効果を生んだようです。以後、その場に居合わせた友人間の流行語となり、折りあるごとに「用意はよいか」といって笑い合ったものです。

しかし、よくよく考えてみますと、「用意」「ドン」というコールは小学校に入ったときから耳慣れたものであって、なんの不思議もなかったはずなのです。ただ、古風ないいまわしが面白かったにすぎません。でも、「用意」「ドン」というような、日本中どこの運動会に行っても、朝から晩まで聞くことのできる徒競走のスタートの合図が、1830年代のイギリスのラグビー校のフットボールとつながっている、という事実を知ることは、これまたなんとも言いようのないほのぼのとしたものを感じます。

「用意」「ドン」

徒競走

なお、〝Are you ready?〟〝Yes!〟ということばの掛け合いは、本来は競技者同士の間でかわされるものであったこと、かけっこであれば二者間で、フットボールのようなチーム・ゲームでは主将から自チームの選手に。そして、やがては第三者たる審判が試合開始の合図としてコールするようになること。と同時に、どの競技種目からこのようなコールの仕方が伝播していったのかその先後関係についても、なにかの作品をとおして確認できたら楽しかろうと思っています。もうひとこと付け加えておきますと、このことばが競技用語（スポーツ用語）として成立する以前に、これは推定の域を出ませんが、狩猟と軍隊が深くかかわっていたのではないか、と考えています。ですから、ここにもう一つのアンテナを張っておきたいと思います。

狩猟と軍隊

「キック・アウト」の方法

さて、つぎに1ゴールをあげるまでの経過について少し考えてみたいと思います。

……弟ブルックは学校側のゴール柱の真下でそれにタッチした。

学校側の頭株連は、かんかんに憤慨してやって来て、一番間近のファグどもをひっぱたく。怒るのも無理はない。校長寮側に、こんな絶好の場所でタッチされては、ゴールにキックされるにきまっているからだ。勿論兄ブルックがキック・アウトするだろうが、ボールを捕らえて地面に据えるのはだれだろうか。（上130頁）

ゴール柱

キック・アウト

ボールを捕らえる

この短い文章のなかに、トライしてからゴール・キック（現在のコンバート?）をすること、しかもトライからゴール・キックするまでの間に、「キック・アウト」してボールを捕らえて地面に据える、という手続きの必要なことがわかってきます。ここでいう「キック・アウト」がこんにちのそれとは異なる、別のものであることは当然です。

……兄ブルックはボールを抱えて立ち、学校側の連中にさがれと合図している。かれは

『トム・ブラウンの学校生活』

学校側の連中が全部柱の背後のゴールにしりぞくまでは断じてキック・アウトしない。かれらはクラブ・ヂョウンズめがけて駈け寄るために、1インチ、1インチと前ににじり寄って行く。ヂョウンズはボールを捕らえようとして、兄ブルックのまえに立っている。かれがボールを捕えるまえに、学校側がかれのところに行きついて、かれを潰してしまえば、危機は脱するのだ。そしてその勢いで、ボールを一挙に校長寮側のゴールへと駆って行くことになろう。しかしそれは空しい期待に終った。キック・アウトされたボールは見事に捕えられた。クラブは踵で地面を蹴って、ボールを捕えた地点に印をつける。学校側の前線はこれから先へは進出できないのである。（上131頁）

この描写から推定する限りでは、キック・アウトはゴールからコートに向って行なわれているようです。すなわち、兄ブルックの蹴り上げるボールをクラブが捕らえる、そのキックから捕球までの間に相手側（学校側）がクラブのところに突進して潰す、この速さくらべがキック・アウトであるようです。と同時にこれは捕球に成功すればその地点が相手側のフォワード・ラインとなり、潰せば一気に反撃のチャンスとなるという、こんにちには引き継がれなかったラグビー校独自のルールだったようです。しかし、これに似たようなルールがアメリカン・フットボールのなかにみられますので、あるいはどこかでつながっ

フォワード・ライン
独自のルール

ているのかも知れません。

「ゴール・キック」

……しかしそこにかれらは五フィートの縦深で、ボールが地面に触れた瞬間に走り出そうと待ちかまえている。充分の余地をとり給え。走りこまれて、つかまりなどしないようにね。ボールをしっかり、正しく据え給えよ。クラブ・ヂョウンズなら大丈夫――かれはボールを置くに適当した小さな穴を踵で堀り、そのそばに片膝つき、眼を兄ブルックにそそいでいる。「よろしい。」クラブはその言葉に応じてボールを据える。兄ブルックがキックする。そしてボールは、学校側の連中が突進すると同時に、ゆっくりと、正しく飛揚して行く。

それから一瞬の沈黙、敵も味方も、くるくる舞いながら飛んで行くボールを見上げる。それはまっすぐに、二本柱の間、横木の上約五フィートのところを通過する、疑う余地ないゴールである。(上131～132頁)

横一線に並んでいる相手側フォワード・ラインから少し離れてゴール・キックをねらう

ボールをセット

クラブと兄ブルックの姿がみえてきます。ボールをセットするクラブとそれをキックする兄ブルック、ボール・セットと同時に押し寄せようとする相手側フォワード、緊張の一瞬です。さきほどのキック・アウトといい、このゴール・キックといい、あの手この手のプレッシャーをはねのけて、冷静沈着にプレイすることがプレーヤーに要求されています。

複雑に工夫

どうもこの時代のラグビー・フットボールのルールは、できるだけ多面的に人間の能力を発揮させようとして、意図的・計画的に複雑に工夫されたふしがあり、その精神はいまも引き継がれていて、一種独特のチーム・ワークを必要とするゲームを成立させているように思います。

ゴールは城砦

同様に「ゴール」の意味も、兄弟分であるサッカーとはまったく異なります。ハンドボール、ホッケー、バスケットボール、などのゴールは、サッカーと同じ発想であり、その延長線上にとらえることができますが、ラグビーだけはどうも異質です。サッカー型のゴールが中世都市の城門を連想させるとすれば、ラグビー型のゴールは城砦だったのではないか。これは筆者の単なる想像にすぎません。しかし、そう考えるとゲームの内包しているいろいろの特性が説明しやすくなるのは、単なる偶然の一致にすぎない、のひとことでは済まされないように思います。

校長もラグビー・フットボールを観戦

……校長は、保存する値打ちのあるものには決して手をつけないことが、きっとわかって来る。も一度注意する。校長の意に逆らって君らの意地を張り通そうというのなら、危険を用心したまえ。ひどい目に逢うからな。僕がただやたら無性に校長の尻押しをするような男じゃないことは、皆よくわかってるだろう。もし校長がフットボールか、クリケットか、水浴か、それとも拳闘を禁止するようなことがあれば、僕はそれに反抗する点では、何人にも後れはとらないつもりだ。しかし校長は禁止なんかしやしない――かえって奨励してるんだ。今日校長が出て来られて、半時間に亙ってわれわれを見ておられたことは、君らは気がつかなかったか――（校長万歳の大歓声）――かれは強い、たのもしいかただ、それに智慧者でもある。それに、パブリック・スクール出身者だ――（歓呼）――だから校長のいうことをきこう。そしてくだらんことはいいっこなし。校長寮のかしらとして、校長の健康を祝そう――（大歓呼）。（上150～151頁）

校長の意

禁止

120人（学校側）対50～60人（校長寮側）という信じられないようなラグビー・フットボールを闘い、劣勢ながら第一日目に1ゴールをあげてリードを奪った校長寮側の主将、兄

第一日目

ブルックがその日の夜のミーティングでぶちあげた演説です。急進的な改革主義者であった校長トーマス・アーノルドに対する生徒側の危惧の念を払拭しようとして、校長寮のリーダーたる兄ブルックの感懐を述べたものです。ここからも推定できますように、生徒たちのあいだには新任校長への傾倒と反発が入り交じっていて、徐々に校長支持派が主流を占めていったことがわかります。

さらに興味深いのは、当時（１８３０年代）のラグビー校の生徒たちの間で人気のあったスポーツが、フットボール、クリケット、水浴（bathing）、拳闘（sparring）にあったという点です。この作品全体を通読してみても、この４種目がとくべつ詳しく描写されており、作者自身もラグビー校時代にこれらのスポーツに熱中した様子がうかがえます。もちろん、これらのスポーツの他にも多くのスポーツが描写されていますので、つぎには、物語の展開の順序にしたがって、紙数の許すかぎり多くのスポーツを取り上げてみたいと思います。

校長支持派

4種目

寮で展開する「ケット揚げ」

「おい君、毛布で抛り上げられたことがあるかい。」

「ないよ。どうしてさ。」

抛り上げ行事

「どうやら今晩、六級生がベッドにはいる前に、抛り上げ行事があるらしいのだ。だから、君いやだったら、直ぐにどこかに隠れるがいいよ。でないとつかまって抛り上げられるぜ。」

「君やられたことがあるの。怪我しやしないかね。」とトムは尋ねた。

「やられたともさ、十何度もね。床にさへ落ちなきゃ怪我はしないさ。しかし大抵の連中はいやがるね。」とイーストは、トムと並んで、びっこ引き引き階段を上がりながらいった。（上158頁）

寮生活

「ファグ制度」

普通、パブリック・スクールでは11〜12歳から18〜19歳までの青少年たちが寮生活を送っていましたので、上級生が下級生をいじめるのはその年齢差からしていとも簡単なことでした。おまけに「ファグ制度」（fag＝学僕）というものがあって、下級生が上級生の雑用をすることになっていました。ですから、何とでも口実をつくっては下級生をいじめたり、からかったりするのは日常茶飯事でした。その反対に、上級生にとくべつ目をかけられ、可愛がられることもありました。

「ケット揚げ」

ここに引用した描写は、下級生を毛布の上にのせてみんなで抛りあげる、いわゆる「ケット揚げ」と呼ばれているものです。この話は、セルバンテスの『ドン・キホーテ』のなかにも登場する有名な話ですので、ご記憶の方もいらっしゃると思います。もともとは、冬の間の悪霊を追いはらい、春の生命の復活を祝う土俗信仰にあるといわれ、それが遊びやいたずらに転化し、おそらくはトランポリンの発想にも結びついているのだろう、というのが筆者の仮説です。「ケット揚げ」にして人間をもてあそぶ、という習慣はヨーロッパのかなり広い地域に、しかもかなり長い期間にわたって行なわれていたことはたしかで、それが19世紀のパブリック・スクールでも行なわれていた、という点がたいへん面白いところです。

トランポリン

理事会が川を借り切って水泳場に

さて、ラグビー校では水泳がかなり熱心に行なわれていた様子がこの物語から推測することができます。が、この事実はこれまであまり注目されなかったように思います。その意味で、つぎのような描写は、当時の水泳の実態の一断面を知る上できわめて貴重なものだと思います。

水泳

エイヴォン川も、ラグビーを通る辺は、ゆるやかな流れになっていて、あまりきれい

ではない。——中略。しかしこの川は水泳にはあつらえ向きである。多くの結構な小淵　小淵
や、水泳に好適の河区が数箇所あって、それらがすべて互いに一マイルと離れていず、それに、学校からは歩いて楽に二十分以内で行ける距離にあるのだ。この一マイルに亙る川の範囲は、生徒らの便宜を計って、学校の理事会が水泳の目的のために借り切っている——あるいは借り切っていた——のである。（上241頁）

まず、学校の近くに河区を学校の理事会が借り切って水泳場にしていた様子がわかりま　水泳場
す。自然の川を、ほとんどそのままの状態で水泳場として用いていたわけです。

初心者用水浴場

……川上には、年下の連中の水浴場があった。スリースというのが第一の水浴場で新米　川上
の連中はすべてここからはじめることになっていた。かれらは水泳監督《ベイジング・メン》（これは事故を　水泳監督
防ぐために、給料を貰って、夏の間毎日出張ることになっている3人の真面目な人間である）に、相当うまく泳げることを立証するまで、ここに留まった。それからかれらは、約百五十ヤード川下のアンステイに行くことを許されるのであった。ここには深さ約六

『トム・ブラウンの学校生活』

フィート、直径約十二フィートの深所があって、ここをいたづら小僧どもが、あっぷあっぷやりがら、からくも泳ぎ渡る。背の立たないところを泳ぎ渡ったというので、よほどえらい人間になったような気になるのである。(上241頁)

深所

水泳場には「スリース」とか「アンステイ」というような固有名詞が冠せられていて、泳力に応じて水泳場が指定されていたこと、水泳監督(bathing men)が事故防止のための見張りに立つだけで、とくに指導らしい指導は行なわれなかったこと、水泳監督は寮の上級生の仕事だったらしいこと、などが見えてきます。背の立たないところを初めて泳ぎ渡るときの感動は、昔も今も変わらないようです。「できなかったこと」が「できるようになること」の人間にとっての意味は、単にある達成感の満足だけではなく、もっともっと大きな意味があると思いますし、その点にこそラグビー校の校長トーマス・アーノルドの教育上の着眼点があったと思われます。

教育上の着眼点

上級者用水泳場には「跳躍台」

……川下には、もっと大きい、深い深所がいくつかあったが、その最初に来るのがラティスローであり、最後のがスウィフトであって、これは十フィート乃至十二フィートも深い部分があり、直径約三十ヤードという有名な深所であった。ここからずっと水車小屋までは、水泳に好適の河区をなしていた。スウィフトは六級生及び五級生の専用になっていて、跳躍台と二組の段梯子が具えつけてあった。他の箇所にはそれぞれ一組の段梯子があって、それは低学年の生徒が、誰彼を問わず使っていた。もっとも各寮はそれぞれに特にある深所に次第に寄りかたまって行く傾きはあったが。この時分、校長寮の連中は、ラティスローをご贔屓にしていて、魚のように泳ぎのうまくなったトムとイーストは、夏中まるで判を押したように、一日いつも二回、時には三回、ここに姿を現わしていた。（上241～242頁）

跳躍台

一番深くて大きいと思われる深所スウィフトですら、深さ3～4m、直径10m弱ですから、各水泳場の規模もそれほど大きなものではなかったことがわかります。やはり、学校の指定する公認の水泳場であったわけですから、安全第一の配慮がなされていたと思われます。

深さ3～4m

水泳場の施設としては、スウィフトのみが跳躍台（spring board＝飛び板飛び込み用の板）と二組の段梯子（step ＝ 脚立）がセットされていて、他のところはそれぞれ一組の脚立がセッ

段梯子

トされていたにすぎないようです。あとは上級生の監視人が三人いるだけですから、泳ぎ方は遊びながら、みようみまね上級生から下級生に伝えられていたようです。ラグビー校の「スポーツ教育」は、パブリック・スクールにおけるスポーツ教育の先鞭をつけたという点でこれまでも注目を集めてきていますが、それはあくまでも「寮」を単位にした生徒の「自主管理」下に展開されたものでした。「水泳」もまた、そのような教育の一環として採用された、という次第です。

「自主管理」

ボクシングは生徒の自主管理のもとで

つづいて、ボクシングの場合を考えてみたいと思います。これは水泳の場合とは異なり、学校がバック・アップした様子はどこにもありません。あくまでも生徒の自主管理のもとでなされていることを黙認しているだけであって、いよいよとなれば校長自らが出張ってきてやめさせる、というのが一般的であったようです。いずれにしましても、この時代のラグビー校のボクシングは、寮生活を送る生徒たちにとっては一定の重要な役割と機能をはたしており、その約束ごともボクシングのルールの近代化にとって注目すべき内容を含んでいたものと思われます。

ボクシング

黙認

当時は校長寮の生徒同志で殴り合いをするのは決して普通のことになっていなかった。勿論例外はあって、自分の隣りの人間と喧嘩をしていないと気分が悪いといった、つむじ曲りの、強情っ張りの人間がはいって来たり、たとえば五級生とファグ連中との間に紛擾がもち上がって、流血を以てしなければ収まりがつかない事態に至り、いわず語らずのうちに、双方の側から選手が選び出されて、この両人の間の存分の殴り合いで問題の決着をつけるといった場合もあった。しかし大抵の場合は、平和維持の一番確かな手段である、あの拳闘手袋がしょっちゅう使用されていたために、校長寮の生徒同志で喧嘩をすることはなかった。毎週、二晩か三晩、ホールか五級生室に手袋が持ち出された。（下88頁）

紛擾

拳闘手袋

『トム・ブラウンの学校生活』

ボクシングは喧嘩の合理的解決法

ラグビー校におけるボクシングは、スポーツとしてではなく、学校生活（寮生活も含む）のなかで生ずる喧嘩のもっとも合理的な解決法の一つとして、生徒たちに採用されていたことがわかります。つまり、喧嘩は「握り拳」という武器を用いてのなぐり合いであり、それはルールもマナーもない野蛮な格闘技ということになります。それに対し、ボクシングは「拳闘手袋」(boxing–gloves)を用いて、一定のルールやマナーのもとに展開される「合理的」な格闘技、という次第です。なお、当時のボクシングはプロの「ショウ」であって、それを見ながら賭けをするのが習わしでした。アマチュアのボクシングが近代スポーツとして登場するのは19世紀末の話ですから、1830年代のラグビー校における合理的喧嘩解決法たるボクシングの存在は、その初期形態を知る上でも貴重なものであると考えられます。

「こらっ、」とトムは群衆を押し分けて、はいりながらいった、「よせといったら、ウィリアムズ。アーサーに触ったら承知しないぞ。」

「とめ立てするのはだれだ。」とスロッガーは再び手をふり上げていった。

「俺だ。」とトムはいった。そして言葉を早速実行に移して、アーサーの腕をつかんでいたスロッガーの腕を思い切り打ったので、スロッガーははっとなって手を離し、満身の怒気をトムに向けた。

「貴様は俺と勝負するか。」

「勿論だ。」

「ワーッ、スロッガー・ウィリアムズとトム・ブラウンが拳固試合をするぞっ。」

「合理的」な格闘技

このニュースはパッとひろがって、お茶をいただきにそれぞれの寮にかえりかけていた多くの生徒は踵を返して、拳固試合の舞台となっている礼拝堂裏へ向った。（下96～97頁）

拳固試合

同級生ではありますが、からだも大きく、年齢も上の餓鬼大将ウィリアムズが、クラス1の秀才で、トムと同室のアーサーをいじめているところを、トムが割って入ります。そして、お決まりの拳固試合（the fights）と相成ります。しかも、試合場は「礼拝堂裏」という人目につきにくい「聖域」が選ばれています。この辺りにも、学校公認のスポーツではなく、非日常的な侵犯生を漂わせる雰囲気が感じられます。と同時に、「神判」を仰ぐには最高の場所でもあったわけです。

試合場

「神判」

セコンド付きの拳固試合

……イーストとマーティンは海綿を持って方庭をまっしぐらに駆け抜け、試合現場で闘士がちょうど脱衣にかかっているところに到着する。

海綿

トムは上衣と胴衣とズボン吊りを外しながら、こいつは容易ならぬことにぶつかったぞ、と思った。イーストは自分のハンカチをトムの腰にまき、シャツの袖をたくし上げ

『トム・ブラウンの学校生活』

てやった。「おい、君。一言でも口を利いたり、身のまわりの始末をするのはよしてもらおう――中略――」一方マーティンは着物を畳んで礼拝堂の垣の下に置いた。さてトムは、身のまわりの世話役としてイーストを、膝かし役としてマーティンを従え、芝生の上に歩み出て、さあ矢でも鉄砲でも来いといった身構えをする。またスロッガーもそこに現れて、脱衣をすませ、闘いをまちこがれている。（下97～98頁）

膝かし役

驚いたことに、ここにはすでにセコンド役の二人の人間が描かれています。一人は、文字どおり身のまわりの世話をやき、作戦をさずけるセコンドであり、あと一人は「膝かし役」という、いわば「椅子」の役割をはたす人間です。この二人のセコンド役は、おそらく当時のプロ・ボクシングのやり方を模倣したものと思われます。プロ・ボクシングのルールも、ちょうどこの１８３０年代にめまぐるしく変化していますので、そのような影響もラグビー校のボクシングに及んでいるのではないかと想像することができます。

セコンド役

プロ・ボクシング

ラウンド制の周知徹底

……時間係が選ばれ、大きなリングがしつらえられ、両人は向かい合ってちょっとの間

時間係

立ち、見物衆にいささか観察を下す暇を与えてくれる。

——中略。

「落ちつけ、落ちつけ——離れるんだ、敵にあとを追わせるがいい。」とイーストは、最初のラウンドのあとで、濡れた海綿でトムの顔をふいてやりながら、熱心にすすめる。トムはマーティンの膝に腰を下ろして背をもたせかけ、気狂いさんの長い腕に支えられる。支えた腕は興奮のために少しふるえている。

「時間だ。」と時間係が呼ぶ。（下99頁）

仲間うちから時間係が選出され、リングをつくり、選手の顔見世をして試合開始——ここにはレフェリー役の人物が描かれていません。おそらく見物している生徒全員がレフェリーで、珍事が起こればそのつど議論をして決していくか、最上級生の「実力者」の判断によったように思われます。かいがいしく海綿で顔をふきながら作戦をさずけるセコンド役のイースト、膝かし役のマーティンの姿が彷彿としてきます。時間を区切ったラウンド制を採用していることも明白ですが、戦闘時間、休憩時間、ラウンド数、などについてはこの物語では触れていません。それらが当時周知の事実として省略されているとすれば、すでにかなり定着したルールとして浸透していたことが、逆にわかってきます。

レフェリー

ラウンド制

ボクシングと賭けと投げ技

もう一点、前の引用のなかに「ハンカチをトムの腰に」まきつける、という描写があります。この時代のプロ・ボクサーの絵にも、かならず腰にハンカチを巻き、その端が垂れ下がっている姿になっています。このハンカチが何を意味したかは、断定に苦しむところですが、推定では、「賭け」をするための選別の目印ではなかったかと思われます。競馬でいう「ゼッケン」の代役をはたしたのではないか、というのが筆者の現段階での仮説です。実際に、この試合にも堂々と賭けが行なわれています。

ハンカチ

目印

賭け

「2対1で半クラウンを大きい方に賭けるぞ。」とラトゥルがいう。——中略。「2対1の賭を2倍にしないか。」とグルーヴは手帳を手にしてラトゥルにいう。（下99〜101頁）

という調子で、試合の展開の仕方によって、賭けの比率も変化していきます。

賭けの比率

さて、この試合は、強打（スラッガー）のウィリアムズに対しフット・ワークのトムが善戦して、白熱戦を展開します。そして、最終ラウンドにいたってちょっとしたトラブルが起ります。一つは、トムが、好機を見つけて、相手と取組み合い、ちょっともみ合ったあとで、白馬ケ渓の村の好敵手から習い覚えた投げの手を出して、相手をこっぴどく投げ倒してしまい、それが「正当」であるかどうかをめぐって論議となり、試合が中断してしまいます。

投げの手

相手をつかまえて投げるという手は、ある範囲内では一般に正当なりと規定されていたが、学校の生徒の間では、それを否とする気持ちが強かったので、トム側の主張は却下されてしまいます。しかし、そこへ最上級生のブルックが現れ、もしかれがちゃんと相手の腰から上をさへつかまえていれば投げてよい、という断を下し試合再開となります。

腰から上

仲よしになるための拳固試合

こうして、トムが3回目の投げ技を出して、ようやく反撃に転じた時、校長が姿を現わします。

……すると二、三秒でリングは解消し、下級生は一散に駈け去り、トムは上衣と胴衣を

三秒でリングは解消

ひっさらって、礼拝堂の傍らの小門をくぐり、介添え役と一緒に角を曲がって、ハロウェル小母さんのところへ急ぐ。(下106頁)

あっという間にみんな姿を消し、校長がそこに到着したときに残っていたのは最上級生のブルックだけという手際のよさです。この校長とブルックの会話が、ラグビー校におけるボクシングの位置づけを考える上で、きわめて重要な示唆を与えてくれますので、少し長いですが引用してみたいと思います。

「おや、ブルックか。君がいたとは意外だ。私が六級生に拳固試合を防止して貰いたく思っているのを知らないのかね。」

——中略。

「ええ、普通の場合はそうです。しかし校長はこの問題についても、われわれが思慮を働かす事——干渉が早きに過ぎないこと——を望んでおられると思ったものですから。」

「しかし両人はもう半時間以上も闘っているのだよ。」と校長はいった。

「ええ、そうです。しかしどちらも傷ついてはいませんでした。それに両人はそのため却って今後仲よしになるようなたちの少年なのです。もし両人が早めに——互角の形勢

思慮を働かす事

互角の形勢

になるまでに——闘いをやめさせられたら、とても仲よしにはならなかったでしょう。」

「ブラウンの相手は誰だったのかね。」と校長はいった。

「トムプスン寮のウィリアムズです。先生。かれはブラウンよりも身体が大きくて、初めのうち優勢でした。しかし校長がおいでになった時分は、そうでもありませんでした。われわれの寮とトムプスン寮とは互いに嫉妬し合っていますので、もしこれをやらさずに置くか、あるいはどちらか一方がこっぴどくやられていましたら、闘いはこれだけでは済まなかったろうと思います。」

「フム、しかしブルック、」と校長はいった。「君が思慮を働かせるというのは、校長寮側が負けかけた時に闘いをやめさせることのように、ちょっと見えはせんかね。」

正直なところ、ブルックはいささかまごついた。

「ところで、いいかね。」と校長は小塔の扉のところで立ち止まっていった、「この闘いは中止して貰う——そういう風にとりはからってくれ給え。そして今後闘いは一切やめさせて貰いたい。」

「かしこまりました。」と兄ブルックは帽子に手をやっていった。（下107〜108頁）

こうして、その日の夜、ブルックはトムを呼んで夕食を共にし、翌朝、仲直りをする段

互いに嫉妬

闘いは中止

仲直り

取りを教えます。

かれはその通りにした。トムとスロッガーとは大変に満足して、お互いに尊敬しながら、握手を交わした。そして、それから一、二年の間、拳固試合が話題にのぼる度ごとに、あのとき試合を目撃した下級生連は、物知り顔にかぶりを振って、「ああ、しかし、スロッガー・ウィリアムズとトム・ブラウンの試合を君に一目見せたかったなぁ。」というのであった。（下110頁）

以上の引用の中味についてはもはやなんのコメントも不要と思います。しかし、校長と生徒の間の絶大な信頼関係と暗黙の了解の仕方、これらはもはや遠い過去の遺物にすぎないのだろうか、と思わずタメ息をついてしまいます。

信頼関係

「ファイン・ドロー」という思想

もう一点、「ファイン・ドロー」（fine draws）こそが最上のプレイだとする主張が、この物語のさいごを飾るクリケット試合のなかで展開されており、それとさきのブルックの主張

「ファイン・ドロー」

クリケット試合

（互角の勝負こそ友情を深める）とが一致していることを指摘しておきたいと思います。ここでクリケットの内容に立ち入るだけの紙数がないのは残念ですが、クリケットの試合はそのほとんどが「ドロー」（引き分け）に終わるのが普通です。つまり、ドローに終わることを承知で3日間も5日間もプレイを続けるわけです。そこには、明らかに「ドローの思想」と「ドローの思想」も呼ぶべきものが存在していて、一つの価値を持っていたと考えることのできる傍証があることは事実です。いずれにしましても、勝負の決着を何がなんでもつけてしまおうとする現代のスポーツ（たとえば、100分の1秒の差まで計時して一位と二位を分けようとする思想）とは、その根底にある発想からして異なる「ドロー」を前提にしたスポーツが、この時代のラグビー校では主流をなしていたのではないかと考えられます。この時代のラグビー・フットボールで1ゴールを得るまでの、あの複雑な手続きもまた、この「ドローの思想」の系譜にあるものと考えた方がはるかに明快です。

クリケットの神髄

ボクシングの描写にのめり込みすぎてしまいましたので、クリケットについては割愛せざるを得ませんが、さいごに、クリケットのよさを理解できないでいる教師をトムとアーサーが説得している部分の描写を引いて、この稿をおわることにしたいと思います。

「おや、皮肉はご免蒙ろう、ブラウン。」と先生は答える、「僕にはこのゲームが、科学的にわかりかけて来たよ。それにこれは何という高貴なゲームだろう。」

「そうでしょう。しかし、こいつはゲーム以上ですよ。それは一つの制度です。」とトムはいった。

「そうだ。」とアーサーはいった、「年長と年少とを問わず、英国少年の生得の権利です。人身保護令状や陪審裁判が英国の成人の生得の権利であるように。」

「それを教える規律と相互への信頼とは非常に貴重だと思う。」と先生は言葉を続けた、「それは自己を滅し切ったゲームでなければならない。それは個人を11人の一団の中に融かし込んでしまう。かれは自分で勝つために戦うのでなくて、自分の組が勝つために戦うのだ。」

「全くおっしゃる通りです。」とトムはいった、「ファイヴスとか撒紙競走とか、その他、一等になるか、個人が勝つのを目的にして、自分の組が勝つのを目的にしないゲームに比べて、フットボールやクリケットがずっとずっと優れたゲームである訳はそこにあるのです。これはようやく一般に分かりかけて来たことですがね。」（下179頁）

高貴なゲーム

生得の権利

自己を滅し切ったゲーム

撒紙競走

『ヘンリ・ライクロフトの私記』

ギッシング作、平井正穂訳、岩波文庫

——古き良き時代の精神と「科学」の狭間で

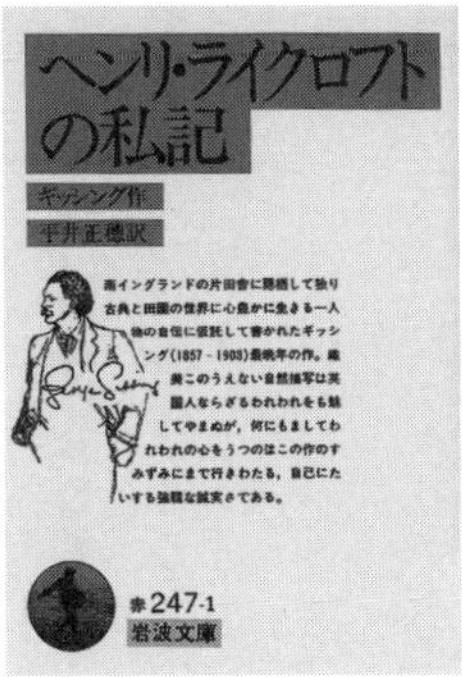

イギリスの古き良き時代への葬送曲

「即位六十年祭」

……この夏の騒々しかった「即位六十年祭」は、私にとっては悲しみの祭典であった。それは、実に多くのものが、――そうだ、二度と同じようなものがこの世界に現れるとも思えない多くの良きもの、気高きものが過ぎ去ったことを意味していた。また、そのもたらす危険だけがはっきり目にみえている、ある新しい時代がわれわれの身辺に襲いかかっていたことを意味していた。四十年前のあのおおらかな希望と熱意の時代がなつかしいと思う。あの当時、科学は救世主とみなされていた。ただわずかの人たちだけが科学のもたらす圧制を予言することができた。彼らはそれが昔日の悪を復活させ、当初われわれに抱かせた期待を蹂躙《じゅうりん》するであろうことを予見することができた。これが自然の成り行きかもしれぬ。われわれはそれを認めなければならない。ただ私にとって多少の慰めとなることは、しがない人間ながら、私がこの圧制者を王位につけるのに少しも関係しなかったということなのだ。(257頁)

科学は救世主

ヴィクトリア女王

冒頭に出てきます「即位六十年祭」とは、いうまでもなくイギリス・ヴィクトリア女王の即位から60年を記念した祭典のことですから、19世紀末、精確には１８９７年の祝典ということになります。

クーベルタンの提唱のもとではじまる第一回近代オリンピック・アテネ大会のちょうど一年あとの、イギリス全国民が熱狂的に湧き立った大祭典であったといわれています。この国をあげての大祭典を、作者ギッシング（George Robert Gissing 1857t~1903）はじつに冷めた眼で眺め、イギリスの古き良き時代への葬送曲を奏でています。

オリンピック・アテネ大会

古き良き時代

ヴィクトリア朝時代批判

１８３７年にはじまるイギリスのヴィクトリア朝時代というのは、あらためてことわるまでもなく、産業革命の勢いに乗って、イギリスが全世界に君臨するもっとも輝きに満ちた時代であった、と高く評価されている時代でもあるわけです。しかし、最近の歴史学界における新しい論議は、「近代」を長い人類史のスパンでとらえかえしたとき、人類にとって果たしていかなる功罪を担ったのであろうか、という点に集中しているようです。わけても、スポーツ史の分野では、このイギリス・ヴィクトリア朝時代（1837~1901）にいったいなにが起こったのか、その歴史現象と解釈をめぐって熱い議論が展開している、といっ

産業革命

てよいでしょう。

その意味で同時代を生きたギッシングがどのように時代を認識していたのかを垣間見ることは、きわめて重要であり、同時に大変興味深いところです。つまり、時代を先取りした鋭い批評家の眼をとおして、ヴィクトリア朝時代とこの作品の時代設定となっている1897年という時代をとらえなおすという作業は、近代スポーツの理解を深める上でも重要なことであろうと思います。

批評家の眼

なお、この作品が最初に公にされたのは1902年といいますから、ギッシングが急死(46歳)する前年にあたります。しかも、作品の時代設定が1897年ですからギッシングが40歳の頃のイギリスを、自分よりも10歳年上の虚構の人物ヘンリー・ライクロフトに託して語らせていることになります。つまり、ヘンリー・ライクロフトが50歳(1897年)のときに書き残した私記、というのがこの作品の大きな場面設定となっています。したがって、冒頭の引用にある「四十年前のあのおおらかな希望と熱意の時代」というのは、作者ギッシングにとってはちょうど生まれた年に相当しますが、作中人物のライクロフトにとっては10歳のとき、ということになります。

四十年前

「科学」がイギリス人の精神を押しつぶす

さて、話を本題にもどしまして、ギッシングに言わしめれば、「40年前」（1857年）に救世主とあがめられた「科学」はイギリス人の孤高の精神とも言うべき古き良き時代の「気高さ」を押しつぶしてしまい、「即位60年祭」（1897年）とともに「はっきりと目にみえる危険」な時代に突入した、ということになります。そして、その元凶とも言うべき「科学」の側に自分が与《くみ》しなかったことだけが、唯一の救いであるというわけです。

偶然とはいえ、この1857年から1897年までの40年間が、近代スポーツの誕生にとっては決定的な意味を持つ時代であったことを見逃すことはできません。つまり、1857年は、本誌にも取り上げましたように、トマス・ヒューズの『トム・ブラウンの学校生活』が公刊された年で、以後、「筋骨たくましいキリスト教徒」というジェントルマンの新しい理想がかかげられ、パブリック・スクールにおける「スポーツ教育」がにわかに脚光を浴びる年でもあるからです。

そして、1897年は、さきに触れましたように、第一回近代オリンピック大会が開催された翌年に相当し、近代スポーツが、全世界的な規模で注目されはじめた年であるからです。

「気高さ」

近代スポーツの誕生

「筋骨たくましいキリスト教徒」

「科学」と人間の精神との戦い

……私が「科学」を憎み、恐れるのは、永久でないにしろ、とにかく長い将来にわたって、それが人類の残忍な敵となるという私の信念に基づくのだ。科学が人間生活のすべての単純さと優雅さを破壊し、世界のすべての美を破壊しつつあるのを私はみている。科学が文明という仮面の下に野蛮性を再びもたらしつつあるのを、人間の精神を暗くし、人間の感情をかたくなにしつつあるのをみている。また異常に大きな争闘の時代をもたらしつつあるのをみている。それは、「古来幾千の戦い」を全く顔色なからしめるものであり、営々として人類が築き上げてきた進歩をおそらくは血まみれの混沌におとしいれるものであろう。(256頁)

残忍な敵

野蛮性

これが19世紀末の文章か、と思わず我が目を疑わずにはいられないほどの迫力をもってわたしたちに迫ってきます。この文章はこのまま一言一句の修正も要することなく、現代に向けられた痛烈な批判として受けとめることができるでしょう。若干の解説を加えるとすればつぎのようになるでしょう。

近代スポーツ誕生の根源にある土壌

「文明という仮面の下に」とは、1851年の第一回ロンドン万国博覧会開催によって「科学文明」なるものの未来像が如実に示され、以後、こぞって科学文明「信仰」を盲信したことを意味します。

具体的には、鉄道旅行の低料金化にともなうレジャー、レクリエーションとしての旅行ブームの到来、電灯の普及による夜の生活時間の変革、等々、人間の時間や空間に関する意識を短時日のうちに根底から変革させるほどの力を、「科学」は持っていました。「科学」は、こうした生活上の便益をもたらす上で大きな貢献をする反面、「人間の精神を暗くし、人間の感情をかたくなにしつつ」あったことも、もう一つの重要な事実として含んでいたわけです。

そして、「営々として人類が築き上げてきた進歩をおそらくは血まみれの混沌におとしいれるものであろう」という予測はもののみごとに第一次世界大戦となって的中しており、さらに、第二次世界大戦を経て、なお、「現代科学技術文明」という「仮面の下」の「野蛮性」がますます露出しつつあるこんにちの情況につながっています。

ロンドン万国博覧会

旅行ブーム

第一次世界大戦

まことに唐突に聞こえるかもしれませんが、じつは、近代スポーツ誕生の根源にある土壌（ベースメント）は、こうした近代の「科学」主義と古き良き時代の人間精神の「おおらかさ」との葛藤にあった、ということなのです。この関係はこんにちもなお、原則的には変わっていない、と筆者は考えています。

「おおらかさ」

「春の競馬」は高尚なるスポーツ？

春の競馬

今日の新聞に春の競馬についての記事がずいぶん長くでていた。それをちょっと見ただけで私は全くうんざりしてしまった。そして、一、二年前サリ州のある駅で見た、近くで行なわれる競馬の広告をかかげたプラカードをふと思いだした。次ぎに示すのはそのポスターの文句でノートに写しておいたものである。

警備員

当競馬会観覧の公衆のために秩序と便宜《べんぎ》を計るべく、主催者側において依頼せる警備員つぎの如し。

刑事十四名（競馬係）、

刑事十五名（ロンドン警視庁）、

警視七名、
警部九名、
巡査七十六名、
並びに予備軍および退役軍人組合より選抜された補助隊。
右の警備隊は秩序を維持し、不良の徒の跋扈《ばっこ》を防ぐためにのみ出動するものとす。
なおこの地サリ州警察本部の強力な部隊の援助を受くる予定。

いつだったか友人たちが談笑しているとき、私が競馬のことである意見を述べたことがあった。すると友人たちは衆議一決、私を「気難し屋」だといった。上品な人々にとって危険な場所だ、と主催者側自身いっている公開の催しものに反対することが、はたして気難しいことなのだろうか。競馬が主として馬鹿者や悪党や泥棒の娯楽と利益のために行なわれていることは周知の通りだ。知識人がこともあろうに競馬なんかに参加し、その参加によって「本来高尚なるこのスポーツの品格を維持せんとする」などと称して自己の行動を弁護するのは、いかに知性が分別と品位とを失いやすいものであるかを示す一例にほかならないと思う。（53～54頁）

「気難し屋」
知識人
分別と品位

ダービー競馬は荒れていた？

少し長くなりましたが、内容がおもしろかったものですから全文を引用してみました。サリ州というのは、競馬つうの方はご存知と思いますが、ロンドンの南にある州で、有名なダービー競馬はサリ州のエプソムで行なわれます。ここに引用した「広告文」がダービー競馬のことを意味しているかどうかは確認できませんが、前後の文脈からみて、これはダービー競馬のことだと考えてよいと思います。

としますと、1895〜6年の春のダービー競馬の姿が眼前に浮かんできて、にわかにこの引用文に親近感が湧いてきます。それにしましても、このものものしい警備はいったいどうしたことでしょうか。「公衆のために秩序と便宜」をはかるためとはいえ、この警備の陣容はただごとではありません。しかも、事前に最寄りの駅にこのような「広告文」を掲示するということの意味が十分には理解できません。ただ、年中行事的に相当荒れる競馬会であったのだな、という推測ができる程度です。

ダービー競馬

警備

「広告文」

暴徒化＝警備体制の強化＝近代合理主義＝「科学」

もっとも、ことダービー競馬に関しては、18世紀末以来、しばしば中止になったり再開したりを繰り返しています。その理由は、観衆の暴徒化にあります。にもかかわらず再開されるのはなぜか、という問題が浮かびあがってきます。これについての解答は容易ではありませんが、これまでに競馬についてなされてきた議論を整理してみますとつぎのようになろうかと思います。それらは、①馬の品種改良を促進するために優秀な馬の選別・確認が必要であったこと、②そのチャンスを利用して金儲けをしたかったこと（主催者側）、③観衆は賭け金による一攫千金を夢みて、再開を望んだこと、④観衆の暴徒化を事前に予防するという名目のもとに、自治体による秩序維持体制や管理体制の強化をはかろうとしたこと、などです。

問題は④の理由をどのように考えるかということになりそうです。さきの「広告文」の過剰警備とも思われる警備体制は、まさにこの④に相当するわけです。つまり、伝統的な民衆娯楽に対する公権力の介入を「合理化」するために観衆の暴徒化は逆に利用されてしまったという考え方です。ギッシングの指摘した「科学」を、それを支えた「近代合理主義」にまで拡大してみますと、ダービー競馬の警備体制は、まさに「科学」のなせるわざであったということになります。そして、暴徒化＝警備体制の強化という悪循環こそ、「人間の精神を暗くし、人間の感情をかたくなにしつつある」元凶の一つであり、その根本的

観衆の暴徒化

品種改良

過剰警備

「科学」のなせるわざ

原因をギッシングは「科学」(＝近代合理主義)に集約してみている、という次第です。したがって、「いかに知性が分別と品位とを失いやすいものであるか」というギッシングの憎悪のこもった指摘が一段と迫力を増して、こんにちのわたしたちに問題を投げかけてきます。

憎悪

「教練」は人間を番号化する

……学校時代、一週に一回、運動場で「教練」があった。四十年もたった今でさえも、ただそのことを考えただけで、当時しばしば私を病人のようにした、あの悲痛な絶望の身ぶるいに再び襲われるのである。機械的な練習の愚にもつかぬ操作はそれだけで私には堪えられないものだった。一列に並んだり、号令に応じて腕や脚をつき出したり、無理に歩調をあわせてドサドサと足踏みしたりするのなんか大嫌いだった。個性の喪失は私には全くの恥辱と思えた。毎度のことだったが、隊列にいてなにかへまをやると教練係の軍曹《ぐんそう》は私を叱《しか》ったものだが、そういうときは私を「七番！」といって呼びつけた。恥辱と怒りで私はかっとなったものだった。私はもはや人間ではなかった。機械の一部になってしまっていた。そして名前は「七番」なのだった。当時驚いたことは、教練を楽しんでやる、張り切ってやる仲間がいたことだった。そういう少年を見て、どうして

「教練」

個性の喪失

「七番！」

われわれ二人はこうも感じ方が違いうるのか、と、自問したものであった。確かに学友のほとんど大半は教練をエンジョイするか、あるはともかく平気な態度で教練を受けているかのいずれかであった。（66頁）

教練は人間を機械の一部に仕立て上げる道具

40年前の「学校時代」とは、単純に計算すると１８５７年で、主人公のライクロフトが10歳ということになります。ということは、作者のギッシングがちょうど生まれた年に相当します。かれは15歳でマンチェスターのオウエンズ・カレッジに入学するという秀才ぶりも伝えられています。その年が１８７２年に相当しますので、その頃のイギリスではもうかなり熱心に「教練」が行なわれていたことになります。問題は主人公ライクロフトの「学校時代」、すなわち、１８５７年の10歳で教練を受け強烈な拒絶反応を示した、という情況設定です。この作品ではライクロフトがパブリック・スクールにかよったのか、それともグラマー・スクールに入学したのかは明らかではありません。しかし、いずれにしましても、10歳の子どもに週一回の教練が課されていたという事実には注目する必要があろうと思います。そして、イギリスにおける「スポーツ教育」が華々しく論議される影の部分

１８７２年

「スポーツ教育」

に、この教練の問題がつねに存在しているということを忘れてはならないと思います。

さて、ギッシングにいわしめれば、教練もまた（あるいは、教練こそ）人間を没個性的な機械の一部に仕立てあげる最良の手段としてこの時代に機能していた、ということになります。一人の指導者の号令のもと、大勢の人間が絶対服従していく教練（＝軍隊）の論理は、近代社会のあらゆる組織に強い影響を与えたと考えることができます。スポーツの組織とてその例外ではなく、当初プレイヤー全員が対等の立場にあった集団のなかから、初めにキャプテンが生まれ、やがてコーチや監督が誕生していく背景の一つに、この教練の論理の影響が認められるのではないか、というのが筆者の現段階での仮説です。この問題はまた別の作品の分析をとおして検討してみたいと思います。

教練の論理

自転車旅行が街道筋を復活させる

自転車旅行者が街道筋の宿屋を復活させたという話をしばしば聞いた。そうかもしれない。が、自転車旅行者というものは、ひどく手軽に満足する連中のようである。昔の文人が大嘘をいっていない限り、イギリス本来の宿屋は楽しい場所で、居心地は申し分なく、最上の料理が供されるのを常としていたのである。つまり、誠意と礼節の二つの

自転車旅行者

宿屋

ものをかね備えた歓迎を受けること必定という所でもあったのだ。田舎の町といわず村といわず、今日の宿屋は昔のいい意味での宿屋では全然ない。要するにたんなる居酒屋である。宿の主人にとって一番大切なことは酒類の販売である。この家では諸君が望まれるなら、食事をとり眠ることもできよう。けれども諸君に期待されていることは、酒を飲むことである。だが酒を飲むにしても、品のいい設備がそのために設けられているわけではない。いわゆる酒場というガタガタ椅子《いす》のあるむっとする汚い部屋があるだけだが、こんなところで落ちつけると思うのは、ただへべれけの飲み助くらいのものである。(119～120頁)

居酒屋
酒場

19世紀末以来、自転車旅行が大流行したことは、衆知のとおりです。たとえば、コナン・ドイルの描いた『シャーロック・ホームズの冒険』や夏目漱石がロンドン留学時代の体験を描いた『自転車日記』はギッシングのこの作品と同時代の描写です。もう少し精確に申しますと、漱石がイギリスに留学したのは１９００年から2年余で、自転車に熱中したのは１９０２年といわれていますので、ギッシングのこの作品とは5～6年のずれがある、ということになります。

夏目漱石

いずれにしましても、この時代に自転車が大流行して、そのお陰で「街道筋の宿屋」が復活したという話はたいへんおもしろいと思います。といいますのは、19世紀の後半は馬車旅行の時代から鉄道旅行の時代へと移行する時期にあり、むかしからの「街道筋」はさびれるいっぽうであったからです。その街道筋が自転車旅行の流行によって復活し、やがてオートバイが、つづいて自動車が開発されると、いわゆる「ドライブ旅行全盛時代」が到来することになり、街道筋はいちだんと活況を呈することになります。

「街道筋」

自動車

それにしましても、ギッシングが当時の宿屋のサービスをこきおろすさまは尋常一様ではありません。この時代の人心のすさみぶりがあまりにも激しく、ギッシング自身がしばしばひどい目に会っていると同時に、彼自身のなかにあったといわれる「古典にたいする知的貴族趣味」の現れとみることもできそうです。

貴族趣味

思索的な人間はみな不健康

思索的な人間は、われわれが理解するかぎりでは、ほとんどみな不健康な人間にきまっている。本来ならばとくに知性において優《すぐ》れているはずなのだが、実際にはそこに属するすべての人間が学究的、瞑想的な生活よりも活動的な生活を強く示してきたというような家系から稀れな例外が時にはでることもありえよう。しかし、こういう幸運な思索者の子供たちは行動家的な型に戻ってゆくか、あるいは心のために肉体を犠牲にする、例によって例のごとき世間周知の姿を示すにいたるか、きまってそのいずれかになってゆくものである。私はなにも「健全なる身体に健全なる精神宿る」ということの可能性を否定しようとは思わない。それは別問題だからである。(192頁)

「健全な身体に……」

ギッシングに言わしめますと、人間は思索型と行動型のいずれかに分かれていくのが自然のなりゆきであって、問題なのは思索することの無限の魅力を知りながら思索に徹することもできず、行動することの誘惑に負けてしまう人間の存在である、ということになります。「かかる人間は自分の才能を商品として売りだし、貧困の絶えざる脅威の下に営々と働かなければならない」という仕儀です。これもまた近代社会が内包する悲劇の一側面である、というわけです。

無限の魅力

「健全なる身体に健全なる精神宿る」

「健全なる身体に健全なる精神宿る」という有名な箴言は、こうした問題とはまったく別の問題だとギッシングは言い切ります。それは一つの理想であって、その可能性も認めはしますが、現実的にはほど遠い存在である、とギッシングは考えます。事実、この箴言を広く衆知させたのはローマの風刺詩人ユベナリス（Decimus Junius Juvenalis 紀元45〜65年ころ生誕）であり、かれは「健全なる身体に健全なる精神を与えたまえと祈るべし」（orandum est ut sit mens sana in corpore）と唱えたのであり、これはもともと一つの理想として提唱されたことははっきりしています。

ユベナリス

ではいったいどこでこの断定形へのすり替えが行なわれたのでしょうか。その最初のミスを犯した人物はジョン・ロック（John Locke 1632-1704）であったといわれています。かれはその著『教育論』（Some Thoughts Concerning Education, 1693）の序文に、「健全な身体における健全な精神（A Sound mind in a Sound Body）は世の中における幸福な状態の短いけれども簡単な、しかし意味するところ極めて豊富な表現である。この二つをもっている人はそれ以上に望むべきものはほとんどない。」と述べ、「健全な身体における健全な精神」が一躍有名になったといわれています。しかし、ここで注目しておきたいことは「宿る」とは断定してないという事実です。

ジョン・ロック

ではいったい誰が「宿る」と断定したのでしょうか。これまでの説によれば「明治初年の欧米文物の輸入の際」（水野忠文）とか、「明治以来スペンサーの三育主義（知育・徳育・体育）とともに（『新修体育大辞典』）とかがあります。いずれも、日本に入る時に「宿る」とな

「宿る」

ったという説をとっています。しかし、ギッシングも「宿る」という断定形の引用をしているところを見ますと、すでにイギリス国内で「宿る」が定着していたのではないかと思われます。としますと、スペンサーの『教育論』のなかの「体育」が公表された１８５４年から、明治初年の１８６８年までの14年間の間に「宿る」が定着したのではないか、という仮説が成り立つことになります。

イギリスにおける１８５０年代から60年にかけては、パブリック・スクールのスポーツ教育に関する論議がにわかに活発になった時代として注目されていますことは、すでによく知られているとおりです。とりわけ、トマス・ヒューズの『トム・ブラウンの学校生活』が刊行された１８５７年以後は、「筋骨たくましいキリスト教徒」の理想とともに、新しいジェントルマン教育の理想像が追求され、大いに議論が高まりました。恐らく、この時期の議論をとおして「宿る」の断定形が定着したのではなかろうか、というのが筆者の現時点での仮説です。

『教育論』

『トム・ブラウンの学校生活』

イギリス的スポーツ文化と気候・風土論

ところで、いまどき気候・風土論ははやらないのかもしれませんが、一つの文化が誕生し、育まれていくための重要な要因の一つに、気候や風土の条件があると筆者は考えています。ギッシングもまたこの点をかなり意識して、イギリス独自の気候・風土論を随所に展開しています。イギリス的スポーツ文化の特性を推測するための素材の一つとして、ギッシングの気候・風土論と理想的人間像の描写を、この稿を終わるにあたって引用しておきたいと思います。

イギリスの気候の悪口をいうのは馬鹿なことである。こんなよい気候はあるものではない——少なくとも健康な人々にとってはだ。思うに、一地方の気候についてうんぬんする場合には、健康な普通一般のその土地の人を念頭においてすべきものであろう。病人には、天気の自然のうつり変わりをとやかくいう資格は全くない。自然は病人なんか眼中にないのだ。病人は（できるならば）その例外的な健康状態にふさわしい、例外的な気候条件を求めるがよい。季節がくるがままに受け入れ、順々に各季節から益をうける、なん百万という、健康で丈夫な男女からは離れているべきものなのだ。極端な激しさがない点、いったいに穏やかである点、どんなにひどいといっても希望を失わしめることのない独特なその気紛れさをもっている点など、わが島国の気候は、ほかの国々の気候と比べて別に劣るところはない。イギリス人ほど春夏秋冬の好日を楽しむ国民があ

気候・風土論

理想的人間像

自然

島国の気候

ろうか。イギリス人が絶えず天候のことを口にするのも、天候がもたらすものをなにくれとなく深く楽しんでいることの証拠である。青空一点張りの国々では、気候状態が議論の余地がないほど悪い所と同じように、こういう話は行なわれないのである。だから、天気の悪い日も少なからずあること、東風が喉を痛めること、霧が関節を害すること、太陽があまりにしばしばまたあまりに長くその光り輝く姿を隠してしまうことなどを認めるとしても、要するにそれはそれでよい結果をもたらしていること、千変万化する気象の姿の影響のもとに、溌剌《はつらつ》たる気分を生ぜしめていること、戸外生活に対するわれわれの欲求がいやが上にも強いものにしていること、などもまた明らかな事実である。（116〜117頁）

霧が関節を

……高貴で、剛毅《ごうき》で、寛容な心情。聡明な頭脳と鋭い目。順境にも逆境にも同じように処する精神。私はここに、その気力も品格もまだ損なわれていない生粋のイギリス人をみる。その血管には本能的な廉恥心《れんちしん》、卑劣への軽侮が流れている。彼はまた自分の言葉が疑われるのに堪えられないし……。（276頁）

寛容な心情

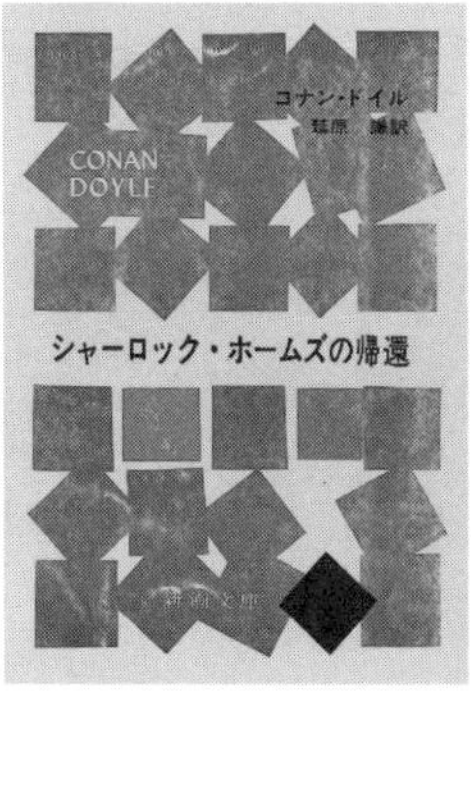

『シャーロック・ホームズの帰還』

コナン・ドイル作、延原　謙訳、新潮文庫

——シャーロック・ホームズは「ジュウジュツ」と拳闘の名手

推理小説と近代スポーツの共通性

今回はシャーロック・ホームズの第三短編集 The Return of Sherlock Holmes を取り上げてみました。その理由は二つあります。

一つは、これら一連のシャーロック・ホームズ・ストーリーは１８９０年代を中心にして、その時代に起こった事件（もちろん架空）の謎解きを展開しており、当然のことながら、この時代の風俗描写が随所にみられるからです。その風俗描写の一部にスポーツが顔を出すわけです。スポーツにとって１８９０年代というのは、１８９６年の第一回近代オリンピック大会の開催（ギリシヤ・アテネ）を思い浮かべるだけで明らかなように、いわゆる近代スポーツが国際的な組織をつくりあげ、国際的な「統一ルール」による競技会開催への道を開いていく時代に相当します。いわゆるスポーツが、それまでの社交や親善や娯楽を目的とした小さな地域の、小集団による、素朴なルールのスポーツから、インターナショナルな競技スポーツにその中心が移りはじめる過渡期に相当する、と考えることができるからです。

もう一つの理由は、近代探偵推理小説の基本的なスタイルを確立したといわれるこのシ

風俗描写

「統一ルール」

競技スポーツ

ャーロック・ホームズ・ストーリーが「近代スポーツ」の誕生と同じ時代・社会的背景から生まれた、という事情があるからです。つまり、シャーロック・ホームズ・ストーリーを支える推理と冒険（スリル）は、ある意味では競技スポーツのゲーム展開と共通した要素があると考えることができるからです。そして、この点こそ、この時代の人びとの熱烈な支持を可能ならしめたキー・ポイントであった、と考えられるからです。

「近代スポーツ」

「その夜の冒険のスポーツ的おもむきはひとしお」

このことは、この作品のなかにあらわれるつぎのような描写からもうかがい知ることができます。場面は、シャーロック・ホームズとワトスン博士が正義（犯人割り出し）のために金庫破りをはたらこうとするところです。

正義

……はじめにあった恐怖感はきえて、法の反逆者ではなく守護者であったときに味わったよりも、はるかに大きな歓喜にぞくぞくする思いだった。私たちの使命のけだかさ、それを空しゅうする騎士精神のあらわれであるという自覚、相手の性格の下劣さなどがあるから、その夜の冒険のスポーツ的なおもむきはひとしおである。よからぬことをし

騎士精神

ているという観念などは少しもなく、その危険のなかにあっても胸もときめくばかりに興じたものである。（197頁）

胸もときめく

つまり、シャーロック・ホームズとワトスン博士の展開する探偵活動の心理は、まさに競技スポーツのプレイヤーの競技中の心理に共通し、この作品を読む楽しさもまた競技スポーツをみる楽しさに共通する、というわけです。

プレイヤーの心理

「シャーロキアン」によるきびしいチェック

さて、シャーロック・ホームズ・ストーリーは一度読みはじめますと全作品を読み終えないと気持ちが収まらないという、一種の麻薬性を帯びた小説であることはよく知られているとおりです。そして、その病がさらに嵩じてきますと、物語の構成や推理の展開をこと細かにチェックしていって、矛盾点や誤りを指摘し、はては作者（あるいは訳者）や出版社に抗議の手紙を出すようになる、いわゆる「シャーロキアン」の誕生ということになります。

「シャーロキアン」

こうしたシャーロキアンたちの活躍によって明らかにされた作者ドイルの思いちがいに

よる誤りの代表例がこの短編集のなかの「プライオリ学校」にもみることができます。本文の描写は長く続きますので、訳者の解説を引用してみますとつぎのようです。

「プライオリ学校」

……ホームズが、自転車のわだちの重なり具合から、その進行方向がわかると説くところがある。これがウソなのである。自転車の輪の接地面には製造者名などを浮きだしたのがある。これだと車輪のあとによって、その重なり具合とは無関係に進行方向のわかる場合もある。場合もあるというのは、その自転車が発見され、かつあとで車輪を反対につけかえる等の技巧を弄してないならばという意味である。しかしこの場合明記してあるように、トレッドが左右対称の幾何学模様であるかぎり、輪跡の重なり具合では進行方向は分かりっこないのである。これは明らかにドイルの錯覚であり、弁解の余地はない筈である。（346頁）

自転車

ドイルの錯覚

にもかかわらず、この誤りをシャーロキアンに指摘された作者ドイルは、この作品を掲載した「同じ誌上に数ページを費やしてくどくどと強弁し、何かとこじつけてついに自説を押し通してしまった」ということです。

自転車のタイヤの跡からの推理

ところで、この「プライオリ学校」という作品が発表されたのは１９０４年2月ということですので、この作品はその時代の自転車の様子を知る上で絶好の情報を提供してくれます。まずはじめに、断片的に出てくる「タイヤ」についての描写をいくつか拾ってみようと思います。

「タイヤ」

タイヤの跡なら四十二種類だけ熟知しているが、これはご覧のとおりダンロップ製だ。ハイデガのタイヤは縦に長いしまのあるパーマ製だった。（123～124頁）

ダンロップ製
パーマ製

沼地の低い部分に、泥ふかいこみちがあって、それに近づいたホームズが歓声をあげたので、見るとこみちの中央に電話線を束ねたような跡が残っている。パーマ製のタイヤの跡である。（125頁）

「さて、ワトスン君、けさは手掛かりを二つ見つけたね。一つはパーマ製のタイヤの跡

で、これは最後まで見届けてしまった。もう一つはダンロップ製のポツポツのあるタイヤの跡だ。……（127頁）

ここには二種類のタイヤが登場しています。「電話線を束ねたような」、「縦に長いしまのある」パーマ製と、「ポツポツのある」ダンロップ製の二種類です（これらが、さきの話題となった「左右対称の幾何学模様」のトレッドというわけです）。ホームズは42種類のタイヤの跡を熟知していると豪語していますが、この物語に出てくるタイヤの名称はこの二種類だけです。

42種類

獣医ダンロップ博士の功績

だからといって簡単に結論づけるには多少無理がありますが、おそらくは、当時よく知られていたタイヤの名称はこの二種類位で、あとはほとんど知られていなかったであろうこと、そして、かなりの種類のタイヤが当時すでに出回っていたであろうことは推定できますが、ホームズが熟知していたという「42種類」というのはどうかと思われること、までは言えそうです。その根拠として、筆者はつぎのように推定しているからです。

タイヤの名称

いまはゴルフ・ボールの名称としてその名を広く知られている「ダンロップ」製のタイヤというのは、スコットランドの獣医さんであったダンロップ博士（John Boyd Dunlop 1840-1921）が考案してつくったタイヤのことを意味します。もう少し詳しく説明しますと、ダンロップ博士は空気入りタイヤの発明者で、かれのこの功績によって自転車は一気に「実用」化への道を歩みはじめます。つまり、空気入りのタイヤの発明が１８８８年で、かれはこのタイヤの特許を得て、１８９６年にタイヤ会社（Dunlop Rubber Company）を設立し、ようやくここに登場してくるダンロップ製のタイヤを製造することになるわけです。

そして、この短編「プライオリ学校」の発表が１９０４年ですから、ダンロップ製のタイヤが出回りはじめてわずかに8年しか経過していないことになります。当時のタイヤ・メーカーのトップをいくダンロップですらこの程度の歴史しか持ち合わせていないのですから、あとは「推して知るべし」というところです。

蛇足ながら、ダンロップ・ラバー会社はマレイ半島でゴム園を経営しながら、世界に約80の工場を持つイギリス最大のゴム製品の製造メーカーとして健在です。

シャーロック・ホームズはスポーツマンか

ダンロップ博士
１８８８年
マレイ半島

スポーツ・マインド

ところで、冒頭に指摘しましたように、19世紀末のスポーツ・マインドはシャーロック・ホームズの探偵・推理にも通ずるものがあったと考えられますので、「シャーロキアン」も広い意味での「スポーツマン」のなかに含めてよいかと思います。そこで、筆者もシャーロキアンにあやかって、ホームズははたしてスポーツマンであったのかどうか、日頃からきちんとしたトレーニングをしていたのかどうか、この点に関する描写にかなり微妙な点がみとめられますので、19世紀末的スポーツ・マインドを楽しみながら、作者コナン・ドイルの意表をついてみたいと思います。

スポーツマンの顔

シャーロック・ホームズという人物の全体的なイメージとしては、博学（雑学も含めて）で推理能力抜群の青白きインテリ、そして背の高いやさ男、というのが筆者の頭のなかにあります。しかし、いよいよ犯人逮捕の段になりますと突如としてスポーツマンの顔が出てきます。

ジュウジュツ

……二人は取っくみあったまま、滝壺《たきつぼ》の断崖のうえでもみあって、よろめいた。僕は日本のジュウジュツを少し知っていたから、それまでにも何回かずいぶん役に立ったものだが、巧みに彼の腕をすり抜けた。とたんにモリアティは姿勢がくずれて足が浮いたので、怖ろしい悲鳴をあげて、足を躍らせ虚空をつかんで、踏みなおそうとしたが、及ば

『シャーロック・ホームズの帰還』

ず、釣りあいを失って落ちていった。（15〜16頁）

シャーロック・ホームズは「ジュウジュツ」と「拳闘」の名手

ホームズが日本のジュウジュツの心得があったというのは少々驚きですが、犯人との格闘中の描写としてはたいへん効果的なレトリックとなっています。この作品の発表は、さきにも指摘しましたように１９０４年ですから、ちょうどこのころ夏目漱石が若き学徒としてロンドンに留学していたことになります。したがって、このころには相当数の日本人がロンドンに渡っていたことが想像できますので、日本のジュウジュツもすでに伝わっていたとしてもなんの不思議もありません。ただ、ジュウジュツというものの存在は広く知られていたとしても、その心得のある人間ということになると、それはごく限られた人にならざるを得ません。その限られた人とホームズを結びつけたところに、作者ドイルの工夫がうかがえます。

１９０４年

「僕はふだんあまり運動なぞやらないから、たまにやるととても面白いよ、君も知っているとおり、僕はイギリス古来のスポーツたる拳闘《けんとう》にいくらか熟達しているつもりだが、

拳闘

それが役にたったこともあった。たとえば今日なんか、拳闘を知らなかったら、恥さらしな目にあうところだったよ。」（88頁）

……というわけで、相当耳ざわりな形容詞を使ってまくしたてたあげくに、ひどい悪罵《あくば》とともに手の甲打ちの一撃を食わせたが、僕はそいつを完全にかわしそこねたのだ。それからの二、三分間が面白かったが、結局打ってかかる奴に、僕の左ストレートがみごとに入って決まった。（89頁）

手の甲打ち

こうなりますと、もはや相当たくましいスポーツマンの姿を思い浮かべざるを得ません。もっとも、ホームズは私立探偵としていつ犯人から逆襲されるかわからない不安な状態につねに身をさらしているわけですから、多少の護身術を心得ていて当然といえば当然です。犯人割り出しの最後の段階になれば、ホームズもワトスン博士もかならずピストルを携行していますし、犯人を逮捕するときのホームズのすばやい身のこなしや間のとり方、部屋のなかでの位置の占め方（犯人との距離のとり方、ドアや窓との距離のとり方など）などを考えれば、ホームズが相当のスポーツ的感覚の持ち主であることは明白であります。しかし、物語の展開の大部分は推理（謎解き）の状況説明についやされ、意表をつく推理の展開に重

護身術

スポーツ的感覚

点が置かれているために、いつのまにかホームズの像が青白きインテリに見えてきてしまうわけです。

「ホームズは常に練習をつんでいた」はうっかりミス

さて、これまでの引用文からすでにお気づきのように、ホームズは相当に鍛えられた肉体の持ち主であることがわかりますが、ふだんはほとんど運動らしい運動はしていないというのも事実のようです。「僕はふだんあまり運動なぞやらないから、たまにやるととても面白いよ」と自白しているばかりでなく、大繁盛の私立探偵家として二つも三つもの事件を同時に引き受けながら、事件の謎解きのための実地調査をしたり、実験をしたりする日常生活には、とても運動などしている余裕はなかったと思われます。事実、ホームズがトレーニングをしたり、スポーツを楽しんだという描写は一つもありません。しかし、そこは娯楽小説のよいところで、ことと次第によってはいかようにも話が変わります。ホームズとワトスン博士が犯人を追いつめていく場面につぎのような描写があります。

坂をのぼりきってしまうと、もう乗り物は見えなかったが、私たちはぐんぐん路を急

鍛えられた肉体

いだ。あまり急いだので、職業がら歩きつけない私はしだいに参ってきて、ついに後へとり残されてしまった。だがホームズは常に練習をつんでいた。彼はくめどもつきぬ強い精力を蓄えていた。彼の軽快な歩調は少しもゆるまなかったが、百ヤードばかりも私をひき離したとき、不意に立ち止まったと思ったら、失望と悲嘆を現すように、手を高くあげた。ほとんど同時に、一台の簡単な二輪馬車が、乗り手のないのに手綱を引きずって角を曲がって現れ、急速にこっちへ駈けてくるのが見えたのである。（92頁）

軽快な歩調

ここには一つの矛盾がみとめられます。ホームズの「くめどもつきぬ強い精力」と「軽快な歩調」を強調したいばかりに、作者ドイルはついうっかりして「ホームズは常に練習をつんでいた」と書いてしまったようです。ホームズがトレーニングをしていた、という表現はこの一カ所だけですので、作者の「うっかりミス」と考えてよいようです。

「玄関の前のテニス用の芝生」

テニス

こんどは少し視点を変えて、同じ「シャーロキアン」的発想を援用しながら、この短編集に出てくるテニスに関する描写を窓口にして、この時代のテニス事情を「推理」してみ

「踊る人形」

たいと思います。まずは「踊る人形」という短編（1903年12月発表）のなかにみられるテニス描写から入ることにしましょう。

テニス用の芝生

> 柱廊造りの玄関へ乗りつけるとき、玄関の前のテニス用の芝生のわきに、私たちに妙な係わりあいとなっている黒い道具ごやだの、台石つきの日時計などのあるのを私は見てとった。（53頁）

ロウン・テニス

テニス・パーティー

わずかにこれだけの描写ですが、ロウン・テニス（Lawn Tennis）が当時の上流市民の間に浸透していた様子がさりげなく証明されているように思われます。ロウン・テニスのルールが統一されて第一回のウィンブルドン大会が開催されるのが1877年ですから、それから26年を経過していることになります。当時は、ウィンブルドン大会などを中心にした競技志向型のテニスに劣らず、社交志向型のテニス・パーティーも上流市民を中心に盛んに行われていました。ここに描かれている「玄関の前のテニス用の芝生」は、まさに上流市民の社交の場であったテニス・パーティーを開くためのものであったことは間違いありません。ちなみに、テニス・コートは、この時代からすでに土のままの「クレイ」のコートと、土の上になにかをかぶせた「カバード・コート」（covered court）の二種類があって、カバード・コートの方にはアスファルトやセメントで固めたものや、小石と砂利で固めたり芝を植えたりしたものがありましたが、どうやら芝生が一番良いというところに落ちつき、文字どおりロウン・テニスとして定着したようです（Badminton Library : Lawn Tennis, 1892による）。

ゴム底のテニス・シューズの登場

つぎは「犯人は二人」という短編（1904年4月発表）のなかで、ホームズが頼まれて金庫やぶりに出かけるところの描写です。

……「こいつは最上等で最新のどろぼう用具だよ。ニッケル・メッキの金梃《かなてこ》、さきにダイヤをつけたガラス切り、万能合いかぎ、そのほか文化の進展に歩調をあわせた近代的道具類がそろっている。こっちに龕灯《がんどう》もある。あらゆるものが整備されているんだ。君はゴム底の靴をもっているかい？」

「テニスぐつがゴム底になっている。」

「それでいい。覆面はどうだい？」

『シャーロック・ホームズの帰還』

ゴム底の靴
テニスぐつ

「黒絹でわけなく君もこしらえられるよ。」（193〜194頁）

どろぼう用具

テニス・シューズが「最上等で最新のどろぼう用具」に加えられるとは思ってもみませんでしたが、考えてみればゴム底の靴は、当時としては「最上等で最新」の靴であっただろうことは容易に想像できます。ただ、ゴム底のテニス・シューズがいつから使われはじめるのか、ということについてはいまなお確認できないでいますが、長い間、テニス・シューズは「革靴」であると信じていただけに、この部分の描写は筆者にとっては少なからぬ衝撃でありました。

「革靴」

たとえばかの「チルデン―清水」の名勝負を演出した１９２１年のデビス・カップ戦の写真は、どうみても革靴であるとしか考えられなかったからです。もっとも、権威ある選手権試合のシューズと、社交用のテニス・シューズとはルールで区別されていたかもしれません。この辺のところはいま少し厳密に調べてみる必要のある問題だと思います。

「十五分に一回」とテニスのカウント

テニス描写と最後の話題を「空家の冒険」という短編（１９０３年10月発表）から紹介した

いと思います。

十五分に一回

……もうここへ来てから二時間になるが、ハドスン夫人が八回あの像を動かしてくれている。十五分に一回の割だ。夫人はあかりの向うがわからそれをやれるから、決して窓に影のうつることはない。……（25頁）

『シャーロック・ホームズの帰還』

テニスのカウント

テニスとなんの関係もないではないか、とお叱りを受けそうですが、たしかにこの文章そのものはテニスとなんの関係もありません。ここから先は、まさに「推理」だと思って読んで下されば幸いです。じつは「十五分に一回」という表現に筆者はこだわってみたいのです。そうです、テニスのカウントの単位なのです。1ゲームのポイントのかぞえ方は1時間を4等分して、15、30、45（こんにちでは40）、ゲーム（なわち60）というように定めたとする説が広く認められています。問題は、1時間を4等分する、という発想はどこからきたのかという点にあります。現在のところ、筆者はつぎのように「推理」しています。

砂時計

機械時計が一般に広く普及するまでの中世ヨーロッパの時計の主流は砂時計です。その砂時計で計れる時間は15分間、30分間、1時間の3種類で、それ以外のものはごくまれであったということです（木村尚三郎著『ヨーロッパ文化史』）。このうち、一番多く用いられたのは15分間時計の砂時計であったといいます。それは、規則正しい団体生活をモットーとする修道院に持ち込まれ、15分という時間が修道院生活の基本単位としてまず定着します。たとえば、540年のモンテ・カシノの聖ベネディクト修道院の日課は15分ないしその倍の30分を単位につくられています（D・ノウルズ著、朝倉文市訳『修道院』）。こうして15分という時間の単位は修道院から教会へと浸透していくことになり、やがて教会や修道院からは「時を知らせる」鐘の音が鳴りひびくようなります。

修道院

鐘の音

15分という時間単位の「社会史」

同じシャーロック・ホームズの物語にもつぎのような描写があり、筆者は強烈な印象を与えられることになりました。

あの「まだらのひも」という小事件を調べていたとき、きみとふたりで気味のわるい部屋に待っていたことがあるだろう。あのくらいの長さなのだ。ウォーキングの教会の時計が十五分おきに鳴る。その時計さえ、止まったんじゃないかと思ったことも、一度や二度じゃありません。しかし、やっと午前二時ごろ、いきなり、かけがねを静かには

ずす音がきこえ、キィッとかぎのまわる音がしました。（『シャーロック・ホウムズの回想』、林克己訳、岩波少年文庫）

およそ1000年以上もの長きにわたて、15分という時間単位がヨーロッパの人びとの生活のなかに浸透していった、という事実を重視しておきたいと思います。しかも、真夜中も15分おきに教会の鐘（ここでは機械時計による鐘）が鳴っていた、というのですからこれは大変なものです。ちなみに、午前2時というのは修道院の起床の時間で、朝課のはじまる時間です。15分という時間単位の「社会史」（トレヴェリアン流の）にスポットを当ててみますと、もっともっとおもしろい事実が浮かび上がってくるように思います。15分＝1時間の4分の1＝クォーター（quarter）＝4分の1（時間・空間）。ここを基点にして、少し頭を切り換えてみるだけで、ヨーロッパ人の生活習慣のなかにクォーターを一つの単位とする発想がいかに浸透しているかということに気づかされます。

スポーツに関する用語を思いつくままま拾ってみても、クォーター・バック、スリー・クォーター、クォーター・ファイナル、などがあります。あるいはまた、テニスのカウントのように生活時間の単位を遊びのポイントの単位に転化（用）させたのは、当時の人びとの「パロディ精神」のあらわれであったかもしれません。

起床の時間

クォーター

「パロディ精神」

スポーツ史の第一級の資料が満載

だいぶ脱線をしてしまいましたが、最後に、シャーロック・ホームズ・ストーリーは超一級のスポーツ史の資料であることを指摘しておきたいと思います。その理由は、本稿の冒頭で述べたこと以外には、つぎの点があげられます。

スポーツ史の資料

つまり、推理小説なるがゆえに、事件はフィクションであっても、事件現場の状況説明や風俗習慣などの描写は徹底したリアリティが要求されるからです。同時代の人びとを説得できるだけの真実で傍証固めをすることが絶対条件であるからです。もう一点は、その時代の最先端の情報（話題）を提供しているという点です。読者の興味や関心を最大限に引き出すために、あるいはまた物語の展開を豊かで新鮮なものにするために、当時の最先端情報が盛り込まれているからです。スポーツ的な話題もそのなかの一つの重要な要素となっていることを見逃すわけにはいきません。

リアリティ

『探偵は絹のトランクスをはく』

——スコットランド・ヤード物語——

ピーター・ラヴゼイ著、三田村　裕訳、早川書房

——1890年代、ロンドンの懸賞ボクシング試合

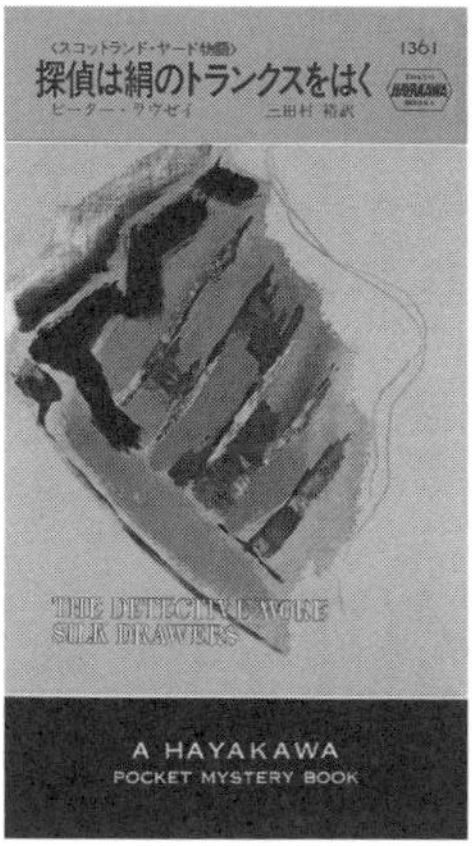

素手で闘う懸賞ボクシング試合

今回はボクシングに焦点を当ててみたいと思います。それも、こんにちのわたしたちになじみ深いグローブを着けたボクシングではなくて、それよりもひとむかし前の「素手」で闘う「ベア・ナックル・ファイティング」と呼ばれたボクシングです。ときは19世紀末、精確には１８９０年代の前半、場所はロンドン。すでに、素手で闘う懸賞ボクシング試合が法律で禁止され、極秘裏に興行が組まれていた時代です。

書名から明らかなように、本書は時代ものの推理小説というわけです。サブ・タイトルとなっている〈スコットランド・ヤード物語〉とは、日本流に言えば〈警視庁物語〉ということになります。つまり、〈スコットランド・ヤード〉というのはイギリス警視庁が所在する街の名前で、一般には所在地名の方が別称として広く親しまれている、というわけです。作者のピーター・ラヴゼイは、現代のイギリスを代表する推理作家の一人で、すでにこの〈スコットランド・ヤード物語〉のシリーズを6作発表しており（１９８０年現在）、いずれもベストセラーとなった話題作ばかりだとのことです。

イギリスの推理作家の大先輩であるコナン・ドイルは、〈シャーロック・ホームズ〉シリ

「素手」で闘う

〈警視庁物語〉

ーズで知られるように、自分の生きた同時代を舞台に作品を発表しました。それにひきかえ、ピーター・ラヴゼイは現代の人でありながら、１８９０年代のロンドンを舞台にした〈スコットランド・ヤード〉シリーズを展開しています。その点で、かれの描く作品の世界もまた〈シャーロック・ホームズ〉の世界とぴったりと重なっています。ちがいはただ一点、主人公が私立探偵であるか、本職の巡査部長であるか、だけです。いわば、現代版シャーロック・ホームズを読むような楽しさがこの本にはあるというわけです。しかも同時に、大英帝国全盛時代であるヴィクトリア朝時代の社会の裏面史ともいうべき犯罪史のサイドから、ダーティな社会風俗とスポーツとの接点を描き出しているという点で、スポーツ史を考える上では得がたい示唆をふんだんに提供してくれています。

１８９０年代のロンドン

ヴィクトリア朝時代

「ベア・ナックル・ファイティング」の試合

それではさっそく、法の網の目をかいくぐって展開された「ベア・ナックル・ファイティング」とはどのようなものであったのか、考えてみたいと思います。

「ルールはだだね、ロンドン・プライズリング、一八六六年に改正されたものによる。ラ

ロンドン・プライズリング

ウンドとラウンドの間は三十秒、そしてわたしが〝時間《タイム》だ〟と呼びかけたら、他人の助けをかりず、八秒以内にリングの中の試合線《スクラッチ》までくる。バッティング、首を絞めること、噛みつくこと、蹴ること、それから爪で引っかくことは禁じる。それから相手の腰から下をつかむことや、ダウンした相手を殴ってはいけない。ダウンは片方の膝か片手が地面についたときだ。それから決して故意に倒れあったりしないこと。介添人と水瓶もちは、だれかがダウンするまで、リングの外にいること。それからダウンした男を自分のコーナーに運んで行くことができる。最後に言っておくことは、普通の取り決めどおり、レフェリーは入金の5パーセントを取る。質問はありませんな？　よろしい。コーナーにもどって、〝タイム〟と呼びかけるのを待っていてください」

ダウン

二人の選手を残して、みんながロープをまたいでくぐり、外へ出た。試合開始が迫り、ひどい呑んべえたちさえ、酒場から出て来た。（94～95頁）

タイム

試合開始直前のレフェリーによる諸注意です。場所はロンドン郊外のモート農場（サウスエンド街道の途中にあるレインハイムから北へ1マイルのところ）の畑。レフェリーはこの農場にある酒場の亭主。ロンドン・プライズリング・ルールというのは、懸賞目当てに素手で闘うプロのボクシングのためのルールで、1838年に制定されています。このルールの原

レフェリー

点は、文章化されたものでいえば、１７４３年の「ブロウトン・ルール」(Broughton's Rules, ７カ条からなる）にたどりつくことができます。ですから、すでに１２０年以上もの長きにわたってこのルールは生きつづけ、改正を繰り返してきたことになります。しかも、１８６５年には通称「クィーンズベリー・ルール」(Queensberry Rules, １８６７年制定、近代ボクシングのはじまり）の原型といわれる「アマチュア・ボクシング・ルール」(Amateur Boxing Rules) が制定されていますので、ここに引用された１８６６年の「ロンドン・プライズ・リング・ルール」(London Prize Ring Rules) はさいごの改正ルールではないかと思われます。つまり、プロのボクシングからアマチュアのボクシングへのちょうど転換期に位置づくものといえます。

「ブロウトン・ルール」

「クィーンズベリー・ルール」

改正ルール

「アマチュア・ボクシング」の登場

もう少し精確にこの間の事情を調べてみますとつぎのようなことがわかってきます（『ボクシングの歴史』H・カーペンター著、阿部照夫編訳、ベースボール・マガジン社、１９８２年）。

「１８６０年、ブライトン出身の英国チャンピオン、トム・セイヤーとカリフォルニア出身の米国チャンピオン、ジョン・キャメル・ヒーナンが、最初の世界チャンピオンの座を

最初の世界チャンピオン

目指して」一戦を交えることになるのですが両国民のファンが熱狂してこの世紀の一戦を見んものと殺到し、「4月17日早朝、ロンドン橋駅から特別に仕立てられた列車は、ファンそれに同業のボクサーで満員になり、夜明けの試合場へとむかって」いきます。そして、試合は42ラウンド、2時間20分にわたる死闘が展開されますが、37ラウンドにはファンのだれかがリングのロープを切り群衆がリングに押し寄せ大混乱となり、ついに警察官の手によって試合の中止が命じられ、引き分けが宣言されます。このときの騒動が直接の引き金となって、かねてから「暴徒化」するボクシング・ファンの問題が英国議会の下院で取り上げられます。その結果、素手で闘う懸賞試合、すなわち「ベア・ナックル・ファイティング」を禁止する方針が打ち出されます。以後は、非合法の活動として懸賞試合は地下にもぐり、その代わりに「アマチュア・ボクシング」が新しく登場することになります。

42ラウンドの死闘

「暴徒化」

非合法化

……懸賞ボクシングはイングランドではなくなっています。六〇年代に治安判事によって絶滅されました。プロモーターの何人かが巨額の罰金を払いましてね。鉄道による団体の観戦旅行が禁止されて途絶えたんです。だれも行かなければ、金は払えないですからね。今では試合はみなグローブをつけて行われてます。耐久《エンジュアランス》コンテストかクィンズベリー・ルールでね。（21頁）

耐久コンテスト

実際には、1868年の「鉄道統制条例」の制定によって、大勢のファンが「暴徒化」するような大がかりな懸賞ボクシングは姿を消していきますが、ファンが鉄道を利用してもめだたない程度の小規模な試合は地下にもぐって存続されていくことになります。

「鉄道統制条例」

投げ技もあるボクシング試合

さて、つぎは具体的に試合がどんな風に進行していったのか、見てみたいと思います。

ミーニックスがレフトをくり出す。エボニイが体をそらして相手の攻撃範囲から逃れると、四方から激励の叫びがふりかかった。二つ三つ、ミーニックスがピシピシとリーディング・パンチをはなったが、まったく攻撃をせずにひょいひょいと打撃をかわす相手の黒人にとどかなかった。ひいきの連中のじれったがってけしかける叫び声にこたえて、ミーニックスはべた足のまま、両足を数インチの間隔でそろえてフェンシングのようなやり方で前進した。それから、右の拳固を肩の上まで下げ、猛烈な勢いで相手の顔めがけてなぐりかかった。それはあからさますぎて、わけなく受け流されたが、つづけてつ

リーディング・パンチ

き刺すようなレフトをエボニイの腹にうちこむ。続いてミーニックスは近よりざま、頭を相手の胸にぶちあて、両手で胴をかかえる。すばやく右脚を前につき出すと同時に、いきなり相手の黒人を、自分の腿をてこの支店にして振りまわし、ひっくり返した。暖かい喝采のうちに第一ラウンドは終った。（40頁）

第一ラウンド

ここの引用で大変興味深いことは、ラウンドの長さが時間で区切られているのではなくて、どちらかが「ダウン」した時点でそのラウンドが終わること、そして、ファイター（ボクサーということばは近代的な用語で、クィーンズベリー・ルールで闘う選手のことを指す）はパンチだけでなく投げ技も使うことができ、相手が片膝または片手をついた時点で「ダウン」が成立すること、の2点にあります。

ファイター

投げ技

ラウンド間の休み時間は30秒

ラウンドの間に三十秒の休みが許されている。レフェリーの合図で、両者は身構え、再び激しくパンチの応酬がはじまったが、黒人も打たれた分を負けずに打ち返していた。ミーニックスの胸には、エボニイのお見舞いを受けたところに赤い斑点があらわれはじめている。不意に二人の頭がぶつかり、両者とも衝撃を受け、何秒間にまるで暗黙の了解をしたように、ロープにしがみついたが、草地の上へもろともにどさりと倒れた。
つづく二ラウンドは短く、大したこともなかった。いずれもミーニックスが敵をひっくり返したのである。群集の中の賭け屋たちは、ラウンドの間の休みに、賭けへの関心を呼びもどそうとしていたが、ほとんど仕事にならなかった。（41頁）

賭け屋

ラウンド間の休み時間が30秒というのは、こんにちのボクシング・ルールの原点となったクィーンズベリー・ルールの一分間に比べると半分ですが、精確には、30秒休んだところで〝タイム〟の声がかかり、8秒以内にファイティング・ポーズをとればよいわけですので、ラウンド間の休み時間は38秒ということになります。また、ここの引用部分では、バッティングによる両者同時ダウンという珍しいケースが描かれています。さらに、「賭け」の話がかなり詳細に出てきますが、これはあとでまとめて考えてみたいと思います。

ファイティング・ポーズ

「最初の流血《ファーストブラッド》」も賭けの対象

「みんなが、〝最初の流血《ファーストブラッド》〟を待ち受けているんだ」クリップが説明した。「赤いのがど

最初の流血

くどく出たとき、賭けに殺到するのが見ものだな」
それは第五ラウンドに起こった。ミーニックスのパンチがエボニイの鼻柱を、まともに捕らえたのだ。
「ゼラニウムのように真っ赤だ。あんたどう思うね?」近くにいた連中の一人が断言した。「見たこともないような見事なパンチだ! やつの目ん玉に一発お見舞いしてやれよ、ミーニックス」

見事なパンチ

まったくそのとおりではなかったが、〝牡牛〟は傷ついた敵を、振りまわして耳にかました一発でぶち倒すのに成功した。エボニイの介添人たちはコーナーまで引きずって行った。そこでエボニイは介添人の一人の丸くまげた腿の上に座り、その間、他の介添人が鼻から流れる血を止めていた。(41頁)

介添人

〝最初の流血《ファーストブラッド》〟というのは賭けの対象になっていて、第何ラウンドでどちらに起こるかを賭けるものです。したがって、この賭けに負けた者は、その時点で、負けをとりもどすためにつぎの賭けに走るし、勝った者は勝った者でさらにつぎの賭けに動く、という次第です。また、血を見ることで賭けに一段と拍車がかかる、という効果も計算のうちにあるようです。

賭けの対象

介添え係と水瓶係

この引用のさいごの部分も興味深いところです。介添人は双方に二人ずついますが、厳密には介添え係と水瓶係に分かれていて、水瓶係の方はファイターを休み時間中自分の腿の上に座らせる「椅子代わり」の役をつとめます。そして、もう一人の介添え係が止血をしたり、マッサージをしたり、作戦をさずけたりするわけです。

つづく六ラウンドというもの、〝牡牛〟は続けざまに敵を乱打して膝をつかせた。何度かは、より効果を高めるために、どしんと相手の体の上に倒れかかったものである。エボニイに対して率のよくなかった賭けは、いまや全然ひどいものになった。ミーニックスはラウンドの間に、一度も介添人の膝で休まなかった。（41〜42頁）

こうして「牡牛」と呼ばれているミーニックスの一方的な試合展開のまま11ラウンドまで進みます。しかし、懸賞試合がワン・サイド・ゲームでは賭けが面白くなりません。これもあとで触れるつもりですが、じつは懸賞試合にはストーリーが仕組まれていて、試合

水瓶係

ストーリー

前に綿密な打ち合わせが行われているのです。つまり、すべて「八百長」が仕組まれているのです。ですから、この試合もこのままでは終わりません。

懸賞試合に仕組まれた逆転劇

……黒人はレフェリーの次の合図に立ち上がると、逆襲にかかり、はっきりとミーニックスを驚かした。〝牡牛〟が重々しい足どりで、不注意な前進をしたところに、よく狙ったレフトが咽喉をとらえた。同じ拳による第二のジャブが〝牡牛〟の唇を裂いた。

「歯《アイボリー》にあたったぞ!」群衆の一人が叫んだ。

ミーニックスは右手の甲を、血の流れている口にあてた。これは出血をたしかめるための本能的な動きだ。ミーニックスにとって不運だったのは、そのためにボディが無防備になったことである。電光石火の一打が胃《ストマック》をとらえ、ミーニックスは石のように地に落ちた。(42頁)

こうして、黒人エボニイは一気に逆転にかかります。精力もわざも温存してあったのですから、相手はたまったものではありません。まずは急所ねらいで最初のダウンを奪います。

逆襲
アイボリー
ストマック
精力もわざも温存

「見事だ！　みぞおち《マーク》に当たったぞ！」感心した男が声をかけた。今度はミーニックスの介添人が、体をひっぱり出してアンモニアで意識を取りもどさせる番だった。

「マークだって？」サッカレイがききただした。

「胃の急所、ブロートンズ・マーク（ブロートンは十八世紀半ば頃の有名なボクサー。ブロートンズ・マークはブロートンが急所として強調した、みぞおちのこと）として知られているんだ」と、クリップは説明した。「クラシックなパンチの一つだ」（42頁）

マーク

ブロートンズ・マーク

　素手で闘うベア・ナックル・ファイティングというのは、日本の空手や拳法に投げ技を加えたような格闘技ですから、〈みぞおち〉への一撃がどのくらいの威力を持っているかは容易に理解できます。おもしろいのは、グローブを着けて闘うアマチュアのクィーンズベリー・ルールでは、もはや〈みぞおち〉への一撃は有効パンチとして通用しなくなってしまい、過去の記憶のかなたに忘れ去られていくという事実です。そして、用具やルールが変わるだけで、同じボクシングでもまったく異質のものに変化してしまうという事実です。さらに言っておけば、そのような〈変化〉を生み出す〈力〉の源泉やその影響関係はいったいどこに求めることができるのでしょうか――。これこそがスポーツ史を考えていくため

用具やルール

の重要な視点の一つという次第です。

「相手を料理する」ことの重要性

ミーニックスは三十秒のうち最後の一秒が数え上げられたとき、やっと意識を回復した。介添人たちはミーニックスの体を引き上げてまっすぐ立たせ、打ちのめした相手に向けて強く押しやった。

「さあエボニイが、どんな技を持っているか見られるぞ」クリップが、いささか興奮して言った。「どんなやぼなイモ選手でも相手を倒すことはできる。だが、相手を料理してしまうまで、ちゃんと立たせておくには非凡な技がいるのだよ」

その六分間つづいたラウンドというもの、エボニイが見せたのは、まさに非凡な技だった。ミーニックスはあらゆる変化を見せるパンチで叩かれた。観衆の中のだれかが、嬉々としてパンチごとに、素手のボクシング《ピュージリズム》の専門語に分類していた。「口に当たった《オン・ザ・アイボリイ》!」「あご《ウイスカー》だ」「リバー打ち《ヒット》だ!」「みぞおち《オン・ザ・マーク》に当った!」「目《ピーパーズ》だ!」(42～43頁)

逆転劇は、もはや「相手を倒す」ことではなく、「相手を料理する」ことにウェートが置

相手を料理

ピュージリズム
ウイスカー
リバー打ちだ

かれます。そして、多彩な技をひととおりご披露するまで相手を立たせておかねばなりません。「6分間」という、こんにちでは考えられない長いラウンドを「非凡な技」で飾る――いわばさいごの見せ場というわけです。

用語の変化

ピュージリズム（Pugilism）とか、ウィスカー（Whisker）とか、ピーパーズ（Peepers）などという耳慣れないボクシング用語が登場しています。これらは明らかにクィーンズベリー・ルールの登場によって死語化された、古いボクシングの用語であることがわかります。ボクシングの質の変化は、同時に用語の変化をも導き出す、という好例かと思われます。

とどめの一発

他の者たちはもっと実利的で、負けをカバーしようと賭け屋を探し出していた。エボニイは効果的に戦いをつづけていった。ミーニックスの目や口のあたりの、はれたところへパンチを集中した。

ハンマー・ブロウ

もうむき出しのハンマー・ブロウなど必要なかった。拳のとがったかど、かたく握った手指の鋭い中央の関節で打った。短かく、すばやい突きが、外科医のような正確さで、はれたところをランセットで切開するように当たった。血の斑点が五、六カ所あらわれたとき、エボニイはちょっと下がって、自分の成果をざっとながめた。それから、ミーニックスがロープにもたれてふらふらしているところに、今度はもう少し強いパンチを見舞った。傷口がひろがり、どくどく血が流れて、真っ赤なすじがミーニックスの顔や胸に模様をつけた。

一度、ミーニックスはあやうくひっくり返りそうになったが、黒人はやさしく抱きとめ、次のパンチの雨をくらってもしっかりと受けていられるようにした。(43頁)

リング内では「倒す」のではなく「料理」するための残酷な闘いが繰り広げられていきます。リングの外では「逆転」による賭けの負けを取り返そうとあわただしく人が動きます。あとは、とどめの一発を待つばかりですが、なおも執ように襲撃をつづけます。相手は完全に戦闘意志を失い、防御の構えもとれない状態なのに、くり出したのは「試合を決めるアッパーカット」ではなく「完全な腰投げ」です。

「完全な腰投げ」

ミーニックスは、もう一ラウンドもった。介添人たちが奇跡的にも三十秒でミーニックスを直立させたのであるが、よろめき出てきた時にはなかば意識を失っていた。片方の目を閉じ、もう片方は泥と血とで、ほとんど盲目状態だった。ふくれ上がった唇から

盲目状態

は、血のまじったよだれをたらしている。コーナーで彼は、二本の歯を水捨てバケツの中に吐き出した。

一発のパンチが試合を終わらせた。横隔膜のところへ入った、長く、低いジャブだ。ミーニックスは体を前に折り、泥の中に落ちていった。

スポンジがその体のわきに投げられた。（44頁）

ルールの「合理化」

かくして、凄惨をきわめた懸賞試合は終わりを告げます。こんにちのわたしたちの感覚からすれば、まさに「想像を絶する情景」としか言いようがありません。しかし、このような懸賞試合が、たとえ非合法とはいえイギリス19世紀末のヴィクトリア朝時代に、根強い人気を博していたという事実だけは見過ごすことはできません。しかも、１８６０年代までは、このような懸賞ボクシング試合が非合法ながら、ほぼ黙認されていた、というのですから驚くべきでしょう。

けれども、もう一歩踏み込んで考えてみますと、１８６０年代以前のイギリスでは、ここに描かれたようなブラッディなスポーツ（血にまみれることを前提として成立するスポーツ）

根強い人気

ブラッディなスポーツ

が日常茶飯的に展開されていたのであって、むしろ、こちらの方が主流ではなかったかと考えることが必要になってきます。だとすると、イギリスのボクシングに関する限り、１８６０年代以前と以後とではまったく異なる時代であった、と結論づけることが可能になります。言いかえれば、１８６０年代までのイギリスのボクシングは、伝統社会の遺習を数多く継承してきたものであるのに対し、１８６０年代以降のボクシング（クィーンズベリー・ルールによる）は伝統社会の遺習の大半を切り捨て、近代社会に固有の「法秩序」の論理にもとづく「合理化」をはたしたもの、ということになります。

1860年代

となりますと、当然のことながら、スポーツの「合理化」（あるいは「近代化」）とはなにか、という議論が必要になってきます。が、ここはその場ではありませんので、逆に、切り捨てられた伝統社会の遺習というものがどういうものであったのか、という問題をこの作品に則してさいごに確認しておきたいと思います。

「合理化」

賭けとスポーツはほとんど同義

第一点は「賭け」の問題です。

「別わく《サイド・ベット》の賭けだよ、きみ、別わくの賭けだ。最初のノック・ダウン、〝最初の流血《ファースト・ブラッド》〟。試合の長さなどに対するね。ミーニックスはラウンドごとに、試合を決められたように進めていくように雇われたのだ。……」（66頁）

別わくの賭け

ヨーロッパの伝統社会にあっては、スポーツと賭けとはほとんど同義ではなかったかと思われるほどに、賭けはスポーツのなかで重要な役割をはたしています。あるいは逆に、賭けをより面白くするためにスポーツが利用されたと言っても過言ではないほどです。その点で、このベア・ナックル・ファイティングは絶好の素材をふんだんに提供することができたと言ってよいでしょう。いわゆる「別わくの賭け」やオッズと呼ばれる「賭け率」は、いくらでもそのヴァリエーションをつくることができたからです。しかも、賭けは公然と行うことができたのですから。

「賭け率」

「流血」は観衆をもてなす儀礼

第二点は「流血の儀礼」です。

……たとえ二人の名もない男たちの間の乱闘だとしても、懸賞試合の儀礼というものは守られなければならない。試合を三ラウンドで終わらせてはならないのだ。――中略。第六ラウンドにはジャッドの膨れた唇にきれいな一撃をくらわせて、〝最初の流血《ファースト・ブラッド》〟で群衆をもてなした。（97頁）

懸賞試合の儀礼

スポーツの原点が、まずは「日常性」から離脱し、「非日常的な時空」のなかに移動していって、そこに身を置くことにあったとすれば、まさに「流血の儀礼」こそ最良の「非日常」を演出する手段であったということになります。古代ギリシアのオリンピアの祭典競技を例にとるまでもなく、伝統社会の「祝祭」は、まずは「流血の儀礼」によってその幕が切って落とされたことはよく知られているとおりです。もとをたどっていけば、「血」そのものには多分に呪術的な意味が込められていたわけですが、かりにその呪術性がうすらいだとしても、血を見ることによって血湧き肉躍る人間の野生への回帰という不変原則だけは、永遠に生き続けているわけです。

「流血の儀礼」

野生への回帰

第三点は「暴力と略奪」の問題です。

叫び声や歌声の底抜けさわぎは、こんなに大勢の乱暴者たちが現われなかったとして

パニック

も、グルームブリッジに恐怖《パニック》をもたらしたにちがいない。ロンドン周辺の諸州では、懸賞試合のやじ馬たちときたら、疫病や魔女と共に通俗的民話にしみこんでいるのだ。年寄りたちは乱暴で血なまぐさい巨大なるグループが、不運にもその通り路にあったすべての村々を略奪し破壊した話を語ったものである。(194頁)

伝統社会における「祝祭」

伝統社会における「祝祭」が、意図的に秩序を放棄することによって混沌(カオス)を導き出し、そこから新たなる秩序を再生し、共同体の活性化をはかろうとする営みであったとすれば、ベア・ナックル・ファイティングはそうした祝祭の遺習を数多く継承してきたものと言ってよいでしょう。近代の法秩序社会に生きる民衆の不満エネルギーが、懸賞試合の賭けと血を契機にして爆発したとしても、それはもはやなんの不思議もないということになります。

ここでは以上の三点を挙げるにとどめます。そして、伝統社会の遺習というものがなにゆえに近代社会のなかで否定され、切り捨てられていかねばならなかったのかということも、おのずから明らかになってくると思います。

『少年』

ロアルド・ダール著、永井　淳訳、ハヤカワ書房

——イートン・ファイヴズの名手だった作家の記憶

スポーツマン作家、ロアルド・ダール

自伝的作品

短編の名手といわれるイギリスの作家ロアルド・ダール（Roald Dahl 1916～）がみずからの幼少年時代を語った自伝的作品をとりあげてみました。かれはウェールズに生まれ育ちましたが、両親はノルウェー人。９歳（１９２５年）にしてイングランドの寄宿学校に進み、13歳（１９２９年）でパブリック・スクールの名門の一つ「レプトン校」に学びます。

作文の成績

そこでまず、おもしろいエピソードを一つ。それはかれのレプトン校時代の作文の成績に関する教師のコメントです。「わたしは自分のいわんとすることの、全く正反対の表現にこれほど固執する生徒に会ったことがない。この生徒は自分の思想を文章に表現できないように思われる」（14歳）、「論旨支離滅裂・語彙拙劣・文章構造あやまり多し。彼はわたしにラクダを想起せしめる」（15歳）、「怠惰、無筆、級で最低の生徒である」（16歳）、「徹底した怠け者、発想に見るべきものなし」（17歳）。このような評価を受けた少年がのちに作家となり、しかもサキやオー・ヘンリーやモームといった短編の名手たちの系譜につらなることになるのですから、学校の成績というものはあまり当てにはなりません。もっとも、ロアルド・ダールに関していえば、作文教師をふくむすべての教師にたいしてかなり意図的

学校の成績

に抵抗していた節があります。いうなれば、パブリック・スクールそのものにたいする不信感です。

そんなかれのパブリック・スクール生活を救ってくれたのはスポーツでした。かれは類まれにみるスポーツマンでもあったのです。

スポーツマン

> 自分がいろんなスポーツにすぐれているということは、いつも意外な発見だった。なかでも二つの競技にすぐれているということは、より大きな驚きだった。そのひとつはファイヴズと呼ばれるゲームであり、もうひとつはスカッシュだった。（192頁）

ファイヴズ

イギリスのパブリック・スクールがスポーツ教育に力を注いだことは改めて指摘するまでもないと思いますが、この時代（１９３０年代）にいたってもなお１００年まえのスポーツと本質的には変わっていないという点にはいささか驚かされます。

イートン・ファイブズの名手

多くの読者がおそらくご存知ないファイヴズは、レプトンではたいそう盛んで、いつもパーフェクトなコンディションに保たれている大きなガラス屋根のファイヴズ・コートが十二面もあった。わたしたちがやったのはイートン・ファイヴズというゲームで、これは常に二人一組の二チームによって争われ、基本的には小さな、固くて白い革のボールを、グラヴをはめた手で打つことから成り立っている。アメリカにはこれに似たハンドボールというゲームがあるが、イートン・ファイヴズはそれよりもはるかに複雑である。なぜならボールがはねかえる壁に張りだしや突出部があって、一筋縄ではいかない微妙なゲームにしているからだ。（192頁）

イートン・ファイブズ

ハンドボール

もういちど指摘しておきますが、１９３０年代にいたってなお「ファイブズ」という古典的なボール・ゲームが、パブリック・スクールで盛んに行われていたという事実（たとえそれがレプトン校だけの特異現象であったとしても）、しかも、12面も完璧に維持されたコートを持っていたという事実は、すくなくともわたしには大いなる驚き以外のなにものでもありません。なぜなら、ファイブズというゲームの誕生にはいろいろと不思議な話が伝わっているからです。

しかしながら、いまここで、ファイブズ（Fives）の起源にまでさかのぼって、その問題を考えるほどの余裕はありません。が、このボール・ゲームが古いテニス、すなわち、イギ

古いテニス

リスのリアル・テニス（Real tennis）やフランスのジュー・ド・ポーム（Jeu de paume）と同根の、12、13世紀ころまでさかのぼることのできる長い伝統を持つゲームであることだけはここで指摘しておきたいと思います。そのような古典的なゲームを「近代スポーツ」の洗礼を受けたのちもなお維持しつづけるイギリスのパブリック・スクールの精神的バック・グラウンドとはいったいなんなのか、と考えざるをえません。

おそらくファイヴズはあらゆる球技のなかで最もスピードのあるゲームで、スカッシュよりも動きが速く、小さなボールはときには目に見えないほどのスピードでコートじゅうにはねかえる。ファイヴズを上手にプレイするためにはすばやい目と強いリストが必要であり、わたしは一度やっただけでこのゲームが好きになった。（193頁）

スカッシュ

さきの引用にもありましたように、ファイブズは手に革製の手袋をはめてその「掌」で固いボールを打ち合うゲームです。その意味ではジュー・ド・ポーム（直訳すれば「掌のゲーム」となる）の原型に近いものです。

革製の手袋

コートもこのイートン・ファイブズの場合にはリアル・テニスやジュー・ド・ポームとほぼ同じと考えてよいでしょう。つまり、コートの基本的なイメージは修道院の中庭です

『少年』

ので、中庭をとりまく回廊の屋根の庇がペントハウス（Penthouse）としてその姿をとどめていたり、高い壁面を補強するための支えであるデダン（Dedan）がコートの内側に突出していたりするという点で、まったく同じです。壁面がたいへん複雑にできていますので、打ったボールがどこに跳ね返るか予測できないために、鋭い視力を必要とするというのはよく理解できます。ただ、どのくらいのスピードでボールが行き交うのかは想像の域を出ません。スカッシュよりも速いというのですから、これはたいへんな速さであるとしかいいようがありません。

ペントハウス

「キャプテン・オブ・ファイヴズ」の称号

こういってても信じてもらえないかもしれないが、わたしはめきめき上達して、十五歳の一年間に校内競技のジュニアとシニアの部の両方で優勝したほどだった。間もなく「キャプテン・オブ・ファイヴズ」という名誉ある肩書をもらい、チームを率いてシュルーズベリーやアッピンガムといった他校との対抗試合にでかけるようになった。わたしはファイヴズが大好きだった。それは体と体のぶつかりあいのないゲームであり、目のすばやさと足の速さだけが物をいった。（193頁）

「キャプテン・オブ・ファイヴズ」

ノルウェー人の血

早熟

作者のダール自身はノルウェー人の血をひいてか、幼少時から体格に恵まれ、15歳のときにはもう一人前の大人のからだに成長していたようです。それにしても15歳で校内のチャンピオンとして頂点を極めるというのは、スポーツ能力という点ですばらしい才能に恵まれていたばかりでなく、よほどの早熟でもあったといってよいでしょう。ここで注目しておきたいことは、イートン式ファイブズが「他校との対抗試合」ができるほど盛んに行われていたことと、「体と体のぶつかりあいのないゲーム」だから好きだとわざわざ指摘している点です。

キャプテン

　レプトンではどんな競技のキャプテンでも重要人物だった。試合に出るチームのメンバーを選ぶのはキャプテンの役目だった。——中略——試合当日チームのメンバーを学校の掲示板に貼りだすのもキャプテンの役目だった。手紙で他校との試合の日取りをとりきめるのもキャプテンの仕事だった。午後から教師たちに声をかけて、自分のチームとの対戦に引っぱりだすことも、キャプテンにだけ認められた権限だった。ファイヴズのキャプテンになったわたしは、こうしたもろもろの責任を負わされた。（193～194頁）

文才の開花は「挑戦状」書きから

このような描写に接しますと、１８３０年代の『トム・ブラウンの学校生活』（トーマス・ヒューズ作）の時代にタイム・スリップしたような錯覚をおこしてしまいます。イギリスのパブリック・スクールの、徹底した「伝統主義」の片鱗をみる思いです。少し補足しておきますと、「手紙で他校との試合の日取りをとりきめる」というのもむかしながらのやり方ですが、この「手紙」がじつはたいへん重要な意味を持っているのです。と言いますのは、この「手紙」の書き方、内容にキャプテンとしての能力が問われたからです。つまり、その手紙とはまぎれもない「挑戦状」であり、古くからの「決闘」の申し入れの形式を借りた、きわめて「文学的」なセンスが要求されたからです。若き日のダールはキャプテンとして、この「挑戦状」書きにも十分な才能を発揮したのではないかと思われます。たとえ教師に命令される「作文」では拒否反応を示したとしても、大好きなファイブズのためなら懲りにこった名文を起草することに限りない情熱を注いだに違いありません。そのとき、かれのなかで眠っていた才能が花開いたのではないでしょうか。

『トム・ブラウンの学校生活』

「手紙」

「決闘」の申し入れ

> レプトンでは、監督生はプリフェクトと呼ばれていなかった。彼らはボーザーと呼ばれて、下級生の死命を制する絶対的権力を握っていた。彼らは夜中にパジャマ姿の下級生を呼びつけて、釘にかけておくべきラグビー・ソックスの片足を更衣室の床におきっぱなしにしたというそれだけの理由で、鞭をふるうことを許されていた。（167頁）

監督生

「プリフェクト・ファグ制度」に批判的

このイギリスのパブリック・スクールを貫く屋台骨ともいうべき「プリフェクト・ファグ制度」（監督生・雑用係制度）について、しかも1930年代のそれが微にいり細にわたって描かれています。この制度を「悪名高き」と評するか、はたまた「美徳」と評するかは、その人個人の考え方や歴史の見方そのものが問われることになるわけですが、作者ロアルド・ダールはこの制度に皮肉な批判の眼を向けています。

> キャプテンはその才能を認められてボーザーに選ばれるのが、いわば当然の成り行きとみなされていた——全校のボーザーにはなれないとしても、寮の部屋のボーザーに選ばれることはまず間違いなかった。しかし学校当局はわたしに好意を持っていなかった。

ボーザー

わたしは信頼のおける生徒ではなかった。規則と名のつくものが嫌いだった。なにをしでかすか予測がつかない生徒だった。したがってボーザーには不向きだった。学校当局がわたしを全校のボーザーはおろか、部屋のボーザーに選ぶことにさえ同意する可能性はまったくなかった。世の中には生まれながらに権力をふるい、権威をひけらかす人間がいる。わたしはそういう人間の一人ではなかった。寮監からそのことを説明されたとき、わたしは彼の意見に全面的に賛成した。おそらくわたしはボーザー失格だったろう。雑用係たちを殴ることを拒否して、ボーザー社会の原則を根底からくつがえしていただろう。わたしはレプトンでボーザーにならなかったおそらくただ一人のチーム・キャプテンだった。ましてやスカッシュのキャプテンも兼ねていたから、兼任キャプテンでボーザーにならなかったのは間違いなくわたしぐらいのものだろう。しかも名誉の上にさらに名誉を積みかさねるかのように、わたしはラグビー・チームの一員でもあった。

寮監

（194〜195頁）

『完訳・チャタレイ夫人の恋人』

D・H・ロレンス著、伊藤　整訳、伊藤　礼補訳、新潮文庫

――「セックスはスポーツである」ことの根拠

「チャタレイ裁判」のもたらした波紋

「芸術か猥褻か」で争われた「チャタレイ裁判」（1950年〜1957年）もいまは遠いむかしの話となってしまいました。あれからほぼ半世紀を経て、『チャタレイ夫人の恋人』の完訳版がようやく文庫でお目見えしました。この完訳版を待ち望んでいた人は多いと思います。なぜなら、「裁判」ではこの小説のセックス描写は「猥褻」であるとして有罪が言い渡され、やむなくセックス描写の部分を削除して出版されるという事態に追い込まれていたからです。

完訳版

ですから、筆者がまだ学生だったころ（1960年代）、『チャタレイ夫人の恋人』の英語版を読むことが、一つの通過儀礼のように流行していました。筆者もごたぶんにもれず、削除版の日本語訳を頼りに読みすすめ、ようやくその削除された欠損部分に到達するや必死で辞書を引き、がむしゃらに想像力をふくらませ、息もつがずに読んだ記憶があります。その時の印象は、どう読んでみても「猥褻」とは感じられませんでした。それよりも、セックスとはいかに解放的で、深淵なものであることか、という初めての体験でした。それは、正直に告白してしまえば、未成年者にはむしろ理解不能の未知の世界だったのです。

英語版

理解不能の世界

それでも、全体的にはとても美しいと感じました。ですから、当時の文壇がこれは「芸術」であると弁護した姿勢に賛成でした。

齢を重ねて、まもなく還暦を迎えようという年齢になって、この完訳版と出会うことになりました。それはまさに「出会い」でした。人生経験の総決算ともいうべきこころの奥底の深い深いところの、からだの芯にまで達するような感動をともなう「出会い」でした。それまで抱きつづけてきた「モヤモヤ」を一気に払拭してくれるような、強烈きわまりない「出会い」でした。

「出会い」

「セックスはスポーツである」

なにを隠そう、長い間、ひそかに抱きつづけてきた筆者のモチーフの一つに「セックスはスポーツである」というものがあります。このモチーフに、この『完訳・チャタレイ夫人の恋人』はもののみごとに応えてくれているからです。そのみごとさは、ほぼ完璧といってもいいほどでした。この完訳版との出会い以後は、迷うことなく「セックスはスポーツである」と主張することにしています。

ひとくちに、セックスといっても未熟で低俗なものから、きわめて神秘的なものにいた

神秘的なもの

るまで、その広がりは無限といってもよいでしょう。それと同じように、ひとくちに、スポーツといっても素朴な遊びに等しいものから、トップ・アスリートの神がかったプレイにいたるまで、こちらもまた無限です。

　また、トップ・アスリートの目指すスポーツは、①人間の可能性の限界への挑戦であり、②その挑戦をとおして人間の身心に変革が起こり、③さらに、あらたなる可能性を切り開く、④この繰り返しをとおして無限の「自己変革」を重ね、⑤そして、ついには「不動の境地」に到達する、⑥しかも、そこはもはやわたしの身体がわたしの身体であってわたしの身体ではない、自他の区別すらつかない、あいまい模糊とした領域への突入でもあります。セックスの「道」もまた、それを極めようとすれば、スポーツとほとんど違わない構造をもっているのではないか。また、そのような進展をみることがもっとも本質的であり、もっとも自然な成り行きではないか、というのが筆者の長年の仮説でした。つまり、セックスもまた人間の生き方そのものに還元されるべきものであり、スポーツ文化の内包するものとパラレルである、と考えていたのです。

　このことを、『完訳・チャタレイ夫人の恋人』はもののみごとに補完してくれているのです。少なくとも、筆者にはそのように読めてしまうのです。つぎに、その一端を垣間見てみたいと思います。

トップ・アスリート

「自己変革」

長年の仮説

われは肉体の復活を信ず！

彼女は前よりは丈夫になっていた。もっとしっかり歩くことができた。それに森にはいってしまうと、庭園の中と違って風の当たりがやわらかく、疲れるほどでもなかった。彼女は世界を、あの怖ろしい肉の腐ったような人間どもを、忘れたいと思った。《なんじらは再び生きかえらん！　われは肉体の復活を信ず！　一粒の麦、地に落ちて死なずば、そは萌《も》え出ずることなからん。蕃紅花《サフラン》の萌え出ずるころ、われもまたいでて太陽を仰がん！》（訳注：ヨハネ福音書第三章、第七章など）三月の風の中を歩いてゆく彼女の意識のなかを、次々といろいろな言葉がかすめて通った。（152頁）

肉体の復活を

チャタレイ夫人は、夫が戦争で下半身不随の重傷を負い、性不能者となって以来セックスとは無縁の生活が始まります。そして、プラトニックな愛を信じて夫との二人三脚を始めます。しかし、どこか満たされないものを感じ始め、夫妻の愛は少しずつすれ違いを起こしていきます。つまり、肉体的にも精神的にも満たされない日々が、やがて、チャタレイ夫人の身心に重くのしかかってきます。そしてついには、すっかり痩せ細ってしまいます。

性不能者

『完訳・チャタレイ夫人の恋人』

森に散歩

そうしたある日、気分転換に一人で森に散歩にでかけます。ここでは、まずは、チャタレイ夫人が敬虔なキリスト教信者であり、福音主義者であることを確認しておきたいと思います。そして、わたしたちにも馴染みの「一粒の麦」の一節が引用され、「肉体の復活」を印象づけます。

森番と出会い

森番との出会い

やがて、チャタレイ夫人は、あるがままの自分の生き方を貫くために俗世間を避け、孤独な生活を楽しんでいる森番と出会い、いつしか彼との密会を楽しむようになります。そこで、チャタレイ夫人は真の意味での自由な生き方にめざめていきます。

彼女は扉《とびら》を開けて、激しい雨足をながめた。雨は鋼鉄の幕のようだった。ふいに彼女は雨の中に飛び出して、駆けまわりたくなった。彼女は立ち上って手早く靴下を脱いだ。それから上衣と下着を取った。それを彼は息をころして見ていた。彼女が動くにつれて強く尖《とが》った動物的な乳房も揺れ動いた。緑の光のなかで彼女のからだは象牙《ぞうげ》色に見えた。彼女はまたゴム靴をつっかけて、短い野性的な笑い声をあげ、激しい雨に胸をはり、腕を拡げ、ずっと昔ドレスデンで習ったリズムダンスの動作をしながら雨に叩《たた》かれて駆け出した。——中略。

彼は苦笑して自分も服を脱いだ。我慢できなくなったのだ。彼は斜めに強く吹きつける雨の中に、少し身震いしながらも、白い裸体になって飛び出した。（407〜408頁）

リズムダンス
白い裸体

なんと美しい文章なのでしょう。内面から突き上げてくるような衝動にすべてを投げ捨て身をまかせる……これを可能とするような時空をわたしたちはすでに遠い過去の世界に置き忘れてきてしまっています。ですから、このような文章に出会いますと、思わず腰が引けてしまいます。しかし、できることなら自分も、という衝動は残っているはずです。それでも、理性や教養や良識といった近代社会の公序良俗というハードルの前に立ちすくんでしまいます。みずからの身心をそこから解き放ち、みずからのからだの声に耳を傾けることから、真のセックスへの道が始まる、とロレンスは説きます。

身をまかせる
からだの声

真の身心の解放とは？

広い乗馬道に近いあたりで彼はやっと追いつき、彼女の柔らかい濡れた裸の腹に、自分の腕を巻きつけた。彼女は叫び声をあげて立ち止まった。彼女の柔らかい冷たい肉体が彼の身体にふれてきた。彼は狂気のように彼女を抱きしめると、柔らかな冷たい女性の肉体は、その接触によってたちまち焔《ほのお》のように熱くなってきた。雨は二人の上に降りそそぎ、二人の身体から湯気が昇った。彼は彼女の愛らしい重い尻に両手をかけ、雨の中で身震いしながら、自分の身体に引き寄せた。それから突然彼女を仰向《あおむ》けに抱き、雨音のほか何も聞こえない小径のうえに横たえ、激しく短く自分のものにした。動物のように激しく短く彼女を抱いてなしおえた。（408頁）

接触

身もこころも大自然のなかに投げ出して、しかも激しい雨に打たれながらのセックスというものは、近代社会の日常性のなかに埋没してしまったセックスとはまったく異質のものであることは間違いありません。それは、完全に解き放たれた、自由で、きわめて自然な成り行きのなかで展開していきます。それは、閉じられた身心の、惰性による接触ではなく、開かれた身心の、つねに新鮮さをもとめる感性に支えられた接触です。それは全面的な他者性の肯定でもあります。このような接触をとおして自己変革が生まれ、それまでとはまったく異なる新しい身心を切り開いていくことを可能とします。しかも、このことは、チャタレー夫人と森番の二人の間で「分割／分有」されていくことになります。やが

開かれた身心

ては、お互いの他者性を自己のものとして共有するところに到達していくことになります。そして、ついには自他の境界を超越した完全なる「融合」の世界に入っていくことになります。そこは、もはや、わたしの身体がわたしの身体であってわたしの身体ではない、そういう世界です。

「融合」の世界

新しい自己を発見するセックス

官能的な情熱の夜となった。彼女は少しおどろき、逃げ出しそうになった。だが官能の悦《よろこ》びに何度も突きぬかれた。これは優しさから来る悦びとは違う、もっと怖《おそ》ろしいものであったが、しかしそれの方が望ましく思われた。少し怖がりながらも、彼女は彼に好きなようにさせた。するとその向こう見ずの、恥知らずな感覚が、彼女を底までゆさぶり、彼女の最後の蔽《おお》いも剥《は》ぎとって、彼女を別な女にしてしまった。それは本当は恋愛ではなかった。それは色欲でもなかった。それは火のように鋭く身を焼きこがし、魂を燃やしつくす、官能の興奮だった。（457頁）

恥知らずな感覚

官能の興奮

恥知らずの感覚、つまり、恥ずかしさを通過することによって新しい自己を発見するセックスを、ロレンスは語ります。それは、もはや恋愛でもなく、色欲でもないといいます。それは、なにものにも拘束されない自然のままのからだ、つまり官能の興奮だというのです。からだが自然に反応してしまう、そういう世界だというわけです。

自然のままのからだ

そこには、もはや、自己を抑圧するなにものもなく、自然の流れのなかに身をゆだね切っている、自己を超越したなにものかに接近していく、純粋な官能の世界が開かれているかにみえます。

受動的盲従的な物体になる

もっとも深く、もっとも古い恥が、もっとも秘密な場所で焼き去られてしまった。彼の好むままに自分をあずけることは、彼女には努力が必要だった。彼女は奴隷《どれい》のように、肉体的な奴隷のように、受動的盲従的な物体にならなければならなかった。しかし激情が彼女をなめまわして消耗させ、その感覚の焔《ほのお》が彼女の胸や腹を貫き通った時、彼女は本当に死ぬのだと思った。しかしその死は刺激に満ちた素晴らしい死であった。(457頁)

受動的盲従的な物体

生と死の境界領域……ここにはまったく未知にして聖なる世界が無限に開かれているよ

うに思います。宗教的な行の世界もまた、このような生と死の境界領域への限りなき接近です。あるいは、武術の極意も、究極的にはこの生と死の境界領域との「折り合い」のつけ方です。舞踊もまた、この境界領域にリンクする時、人のこころを捉えて離さない感動を生みます。現代思想も、いまや、この「夜の闇の奥底に響く鼓動」を避けてとおることは許されません。セックスもまた、こういう世界に通底しているのだ、ということをロレンスはこの作品をとおして教唆しているように思います。

「折り合い」のつけ方

他者によって開かれるありのままの自己

夏の夜、短いその夏の一夜に、彼女は多くを学んだ。彼女は、女は羞恥《しゅうち》のために死ぬものと考えていた。そうではなくて恥の方が死んでしまった。恥かしさというのは怖れなのだ。深い肉体の恥、我々のからだの根の中にうずくまっている古い古い肉体的な怖れ。それは、感覚の火によらなければ追い払うことは出来ない。この夜も恥が猟《か》り立てられ、男のペニスという猟師に追いたてられた。それで彼女は自分自身のジャングルの一番奥にたどりついたのだ。彼女は今、ありのままの自分という真の岩盤に達し、恥かしさという感情と無縁になっていることを感じた。彼女の自我はいま肉欲的な自我であ

ありのままの自分

り、裸となり、恥も感じなかった。彼女は勝利を感じた。自慢したいような勝利を感じた。そうだ！　これがそれだったのだ！　これが生命だったのだ！　これが本当の自分自身のあり方だった！　何もかくしたり恥ずかしがったりすることはなかったのだ。彼女は一人の男とともに、一個の他者とともに、究極の自分の姿を理解した。（458頁）

究極の自分の姿

ありのままの自分……ここに到る道程としてのセックス、そして、ありのままの自分を実現するセックス、この世界はもはやスポーツとなんら変わるところはありません。「セックスはスポーツである」という筆者の長年の仮説を、ロレンスはもののみごとに描いてくれています。ここに取り上げましたのは、ほんの、その一端にすぎません。ロレンスは、これでもか、これでもかというほど、つぎからつぎへとふんだんに筆者の仮説を補完してくれます。しかも、その描写は息をのむほどの美しい文章です。

たとえば、

……「私はひととひとの間の、肉体的意識のふれあいのために戦う」――中略――そして、これは、世界じゅうの金と機械と、生気を失った観念的な猿にたいする戦いなのだ。（516頁）

観念的な猿

という具合です。
わたしは、この文章をそっくりそのまま拝借して、
わたしはスポーツをとおして露呈する生身の肉体の「運動」を擁護するために闘う。
それは、世界中の金と機械と、そして、生気を失ってしまった観念的なサルに対する闘いなのだ。

と主張してみたい。

『1984年』
ジョージ・オーウェル著、新庄哲夫訳、ハヤカワ文庫

——社会主義国家に管理される「身体」

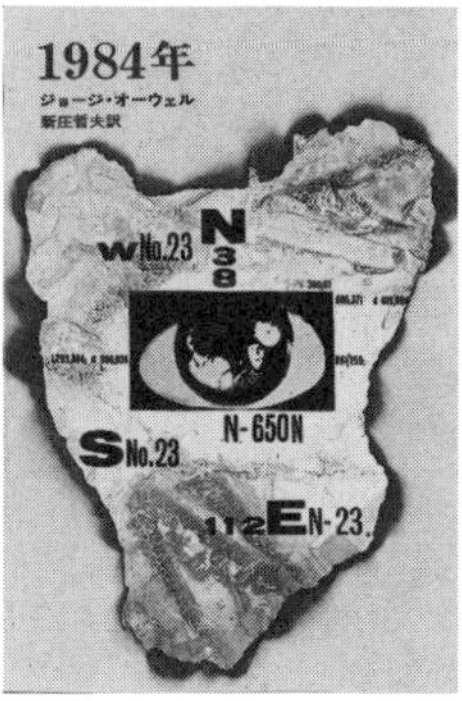

全体主義化しつつある社会主義

１９４９年に発表され、大変な話題となったジョージ・オーウェル（George Orwell 1903-1950）の未来小説『１９８４年』も、いまや過去の話となってしまいましたが、いまでも各方面から注目されている作品です。最近では「オーウェル的世界」とか、「偉大な兄弟」ということばが知識人やジャーナリズムの慣用語としてしばしば登場しています。こんごともこの小説は忘れられることなく、ことあるたびに引き合いにされ、全体主義国家の一つのヒナ型として話題にのぼることは間違いないでしょう。そこで、今回はスポーツ史のアングルから「オーウェル的世界」をのぞいてみるとなにが見えてくるのか、という点にスポットを当ててみようと思います。すなわち、１９４９年当時にイギリスの作家ジョージ・オーウェルが「35年後の世界」（１９８４年）をどのように予測して描いたのか、そのなかでスポーツはどのような描かれ方をしているのか、をみてみたいと思います。

まずはじめにお断りしておかなければならないことは、この小説は、いまはやりのＳＦ的世界を描こうとしたものでもなく、また近未来の世界をリアルに描き出そうとしたものでもなく、主眼は、当時の全体主義化しつつある過激な社会主義の行く末を35年後にセッ

「オーウェル的世界」

１９４９年

過激な社会主義

トして、そこに生きる人間の悲劇を描こうとしたところにある、ということです。したがって、この小説のことばを借りれば、「英国社会主義（イングソック）」（イングリッシュ・ソーシャリズムを簡略化して、〝ＩＮＧＳＯＣ〟と呼ばせている。詳しくは後述）を支える党の結束のためには、党員の個人的自由は許されず、完璧に近い情報管理社会のもとでのスポーツがどのように描かれているか、ということがここでの大前提となります。もちろん、わたしたちはいま、21世紀初頭という時代に生き、そこでのスポーツや社会や国家や国際情勢などについて、それぞれ個別に体験し、見聞しているわけですから、おのずから現代社会のスポーツと「オーウェル的世界」との比較が可能ですので、読者は読者の立場からいろいろ想像をたくましくはたらかせてみて下さい。

「英国社会主義」

情報管理社会

「屈伸体操」は党員の義務

最初の情景は「テレスクリーン」（テレビの大型スクリーンで、同時にカメラの役割をはたす。党の情報を流すと同時に、党員の行動を24時間監視することができるように、党員の住宅、職場はもとより、道路、公園、場合によっては森のなかまでこのテレスクリーンがはりめぐらされている）をとおして行われる「屈伸体操」です。

「テレスクリーン」

『１９８４年』

テレスクリーンは耳をつんざくような警笛を鳴らしはじめ、それと同じような高さの音が三十秒間も続いた。七時十五分だった、事務関係の労働者が起床する時間であった。ウィンストンはしぶしぶベッドから起き出した——素っ裸であった、党外局《アウター・パーティー》の平党員は年間三千点の衣料配給切符しか割り当ててもらえなかったし、一着分のパジャマは六百点もしたからである——彼はうす汚れた下着と椅子の上に掛けてある半ズボンをつかんだ。三分たてば〝屈伸体操〟が始まるのだ。(43〜44頁)

七時十五分

いわゆる英国社会主義《イングソック》のもとで生きる党員の朝はこうして始まります。ウィンストン・スミスはこの小説の主人公。表面では党に忠誠を誓い、忠実な党員としてふるまおうとしますが、心のなかでは「反体制」への思いがつのる、善良なる(?)小市民といったところです。ここで興味をひく点は、起床時間が党によって管理されていること、貧困な衣料配給制度、古めかしい「屈伸体操」なるものが登場すること、しかも義務づけられていることとです。

党員の朝

起床時間

形骸化する「体操」と「イングソック」

ところでこの「屈伸体操」なるものとはいかなるものでしょうか。

「三十代から四十代のグループ！」と鋭い女の声が叫ぶ。「三十代から四十代のグループ！　位置について下さい。三十代から四十代！」

ウィンストンは飛び上がり、テレスクリーンの前で不動の姿勢をとった。やせてはいるが、筋肉の発達したブラウスとスポーツ靴という若い感じの婦人が、すでに画面に姿を現わしていた。

「腕を曲げて伸ばす運動！」と彼女はわめいた。「私に調子を合わせて。一、二、三、四！　さあ、同志の皆さん、もっと元気を出して！　一、二、三、四！　一、二、三、四！……」

咳込みの苦痛はウィンストンの心から、まだ夢で受けた感銘をことごとく追い出してはいなかった、むしろ体操のリズミカルな運動がそれをいくらか回復させたのであった。機械的に両腕を前後に振り回して、顔は楽しそうにゆがめる。〝屈伸体操〟中は好ましい態度と考えられるような表情を浮かべながら、彼はなんとか幼い時代の漠とした時期の思い出をたどろうと努めた。（44頁）

『1984年』

不動の姿勢

「腕を曲げて伸ばす運動」

腕の屈伸と腕の回旋の二つの運動がここには描かれています。このあとに出てくる上体の前屈運動と合わせ考えてみましても、昔から行なわれてきた体操そのままという印象を受けます。

シェイプ・アップをめざすこんにちの「体操」

もっとも、この種の体操はいまでも行なわれていますが（たとえば、ラジオ体操）、教師の号令だけではなく、ピアノやその他の楽器（タンバリンなど）による伴奏がついていることは周知のとおりです。いずれにしましても、いま流行のジャズ体操やエアロビック体操とは、およそ考え方も実施方法も違うことは明らかです。こんにちの社会主義諸国でも熱心に行なわれている「新体操競技」のような体操は、１９４９年当時の作者ジョージ・オーウェルには想像もできなかったことかもしれません。しかし、「ゆるやかな社会主義」（もしくは、〝リベラル・ソーシャリズム〟）を理想と考えていた作家は、ファッショ的で、過激な社会主義の行き方に対する批判をこめてこの小説を書いていますので、味も素っ気もない号令だけのこの「屈伸体操」こそがもっとも似つかわしいと考えていたかもしれません。

ラジオ体操

エアロビック体操

「ゆるやかな社会主義」

女性体操教師

女性体操教師の服装も「ブラウスとスポーツ靴」という描写があり、いまのわたしたちから考えればなんともはや地味なファッションということになります。しかし、少し落ちついて考えてみますと、スポーツ・ウェアがこれほどまでに日常生活のなかに入り込み、しかもファッション化したのはつい最近のことと言わねばなりません。むしろ、健康への異常とも思われる関心の高まり、シェイプ・アップ、レオタード姿への憧れの過熱、ジョギング・ブームというようなこんにち的現象の方をこそ一度謙虚にふり返ってみることが必要ではないだろうか、とすら思われるほどです。

ジョギング・ブーム

テレスクリーンで監視される「屈伸体操」

話が少し横道にそれてしまいました。もう一度本題に戻して「屈伸体操」の様子を具体的に追ってみることにしましょう。

「屈伸体操」

女の体操教官は再び視聴者に不動の姿勢を求めた。「それでは皆さん、どなたの手が爪先に届くかやってみましょう!」と彼女は熱っぽく言った。「さあ、ぐっと腰を曲げてください、同志の皆さん。一、二! 一、二!……」

ウィンストンはこの体操をひどくいやがった、踵《かかと》から臀部《でんぶ》にかけて激痛が走りぬけ、しばしば新たに咳の発作をひき起こすからだ。瞑想にひそんでいた半ば楽しそうなものが吹っ飛んでしまった。（49頁） 瞑想

――中略――

「スミス！」テレスクリーンから口やかましい声が絶叫した。「六〇七九号、スミス・W！　そうです、あなたです！　もっと腰を曲げてください！　もっとうまくできるはずです。あなたはやる気がありません。もっと曲げて下さい！　その要領です、同志。では休めの姿勢で、全員、私を注目してください」 六〇七九号

　突然ウィンストンの全身から熱い汗が吹き出した。顔は完全に表情の変化を押し殺したままだった。狼狽の色を表に出すな！　反感の色を示すな！　瞬《まばた》き一つでも本心を見抜かれることもある。彼は女の体操教官が頭上に両手を上げるのを眺めていた――優雅とはいえないにしても、驚くべき折り目正しさと無駄の無さで、彼女は腰を曲げ、手の第一関節を爪先の下まで差し込んだ。 折り目正しさ

「さあ、同志の皆さん！　いまのようなところを見せて頂きたいのです。もう一度よく見て下さい。私は三十九歳で子供が四人もいます。さあ、よく見て」彼女はまたもや身を折り曲げた。

「いかがです、私の膝は曲がっていないでしょう。その気にさえなれば誰にでも出来ます」上半身を伸ばしながら、彼女はそうつけ加えた。「四十五歳以下の方なら、誰でも完全に爪先まで手が届きます。誰も彼も前線で戦う特権は与えられていませんが、しかし少なくとも私たちは一人残らず体を強くして置くことはできます。マラバル戦線の青年たちを思い出してください！　浮上要塞に乗り組む水兵たちのことも！　彼らの艱難辛苦を考えてもみて下さい。さあ、もう一度やってみましょう。よくなりました、同志、ずっとよくなりましたよ」彼女は励ますようにつけ加えたが、ウィンストンは猛烈な勢いで上半身を突っ込み、膝を折り曲げないで爪先に触れることに成功したのだ、実にここ数年来のことであった。（50頁）

体を強く

「身体強化」の神話

テレスクリーンに監視されながら、この「屈伸体操」を毎朝義務としてやらなければならない社会というのは想像しただけでぞっとしてしまいます。しかし、よく考えてみますと、義務づけられているかどうかは別としましても、これによく似た現象がないわけではありません。たとえば、「身体強化」の神話です。身体を強くすること自体は大変良いこと

毎朝義務として

「身体強化」の神話

であり、それに異議を唱える人はいないと思います。しかし、その方法となるといろいろな論議があることは、よくご存知のことと思います。わが国で言えば、「体力づくり」促進運動（１９６５年）がそうですし、アメリカのケネディ時代に発足した「フィットネス」運動（原点は１９５３年）もそうです。少し枠をひろげて考えれば、ソ連の「ゲー・テー・オー」体力章検定（直訳すれば「労働と防衛のための準備」体力章検定、１９３５年発足、１９７２年三訂）や統一前の西ドイツの「ゴールデン・プラン」（スポーツ施設拡充計画、プログラム・サービス、１９６０年発足）などもこの路線に乗るものと言ってよいでしょう。「身体強化」の思想は、近代の体操をつらぬく重要な柱の一つですが、これは同時に、つねに国家権力に利用される傾向を強く持っていますので、大いに注意を要するところです。

党員一般の活動とスポーツの関係

ところで、イングソック（英国社会主義）における党員一般の活動はどのようなものだったのか、そしてかれらとスポーツの関係はどうだったのでしょうか。

パーソンズは真理省に勤めるウィンストンの同僚であった。肥満型だが活動的で、そ

「体力づくり」

「ゴールデン・プラン」

近代の体操

肥満型

れでいながら途方もなく間が抜け、たわいないほど一本気の塊みたいな人物であった——いささかの疑心も持ち合わせない、献身的なまじめ労働者の一人であり、党の安定は思想警察よりも彼らにこそ依存していたのだ。三十五歳になってやっと不本意ながら〝青年同盟〟を追い立てられ、しかも〝青年同盟〟に昇格するまでは法定年齢を一年も越えて〝スパイ団〟に居坐っていたのである。真理省では知能を必要としない下級のポストについていたが、その一方で彼はスポーツ委員会や共同体《コミュニティ》ハイキング、自発的デモ、節約運動、一般的な自主活動などを組織する全委員会の指導的な人物となっていた。彼はもの静かな誇りをもって、パイプを吹かしながら、この四年間というもの、毎晩共同体《コミュニティ》センターに姿を現わしたと語るのであった。（32頁）

青年同盟

スポーツ委員会

「スパイ団」というのは、少年の党活動組織で、その活動内容は「合唱、行進、旗標《はたじるし》、ハイキング、模型銃による訓練、スローガンの絶叫、〝偉大な兄弟〟（党の最高指導者の愛称、筆者注）への崇拝など」であり、「国家の敵、外国人、反逆者、破壊工作者、思想犯」を思想警察に密告することとなっています。「青年同盟」は「スパイ団」の上部組織で、詳しい記述はありませんが「スパイ団」とほぼ同じような活動であったと思われます。この点に関する限りでは、ナチズムのもとで組織化された「ヒトラー・ユーゲント」の性格に大変

「スパイ団」

「ヒトラー・ユーゲント」

よく似ているように思われます。

共同体《コミュニティ》ハイキング

さきの引用のなかで興味をひかれる話題は、スポーツ委員会、共同体《コミュニティ》ハイキング、共同体《コミュニティ》センターです。残念なことにスポーツ委員会についてはこれ以上の記述がありませんので、その内容は不明です。共同体《コミュニティ》ハイキングについては何回もその描写が出てきますし、さきの「スパイ団」の活動の中にも挙げられており、相当重要な役割をはたし得るものと作家は考えていたようです。

「あなたはわたしを模範的な党員だと思ったのね。いうことなすこと、純粋だと思ったのね。旗標《はたじるし》、行進、スローガン、競技、コミュニティー・ハイキングなど——何もかも忠実にやってると思ったのね。そしていささかのチャンスでもあったら、あなたを思想犯として告発し、殺してしまうとでも思ったのでしょう?」(158頁)

という、この小説の主人公ウィンストンの恋人の発言からもある程度の推測ができます。

また、

……原則として党員には余暇がなく、ベッドに横たわる以外は単独行動も許されなかった。労働にしたがっていない時とか、食事や就寝をしていない場合は何らかの共同体レクリエーションに参加しているものとみなされていた。……（105頁）

共同体《コミュニティ》レクリエーション

という描写からも共同体《コミュニティ》ハイキングの重要さを推測することができます。

共同体《コミュニティ》センターの役割

こうして考えてきますと、それらの活動の中心になる共同体《コミュニティ》センターがきわめて重要な役割をはたしていることがわかります。

共同体《コミュニティ》センター

……これで三週間の間に、コミュニティー・センターの夕べを怠けたのは二回目である。向う見ずな行為であった。なぜならセンターでの出席回数が注意深く記録されていることとは間違いなかったからだ。……（105頁）

……今夜はコミュニティー・センターで過ごさなければならい日になっている。彼は簡易食堂でまたもや味気ない食事をかきこむと、あたふたとセンターへいそいで出かけた、〝討論グループ〟の真面目くさった愚行に加わったり、ピンポンを二ゲームほどやったり、数杯のジンをあおったりした後、『イングソックとチェスの関係について』という講演会に半時間も耳を傾けた。彼は退屈しきって身を持てあましたが、今夜だけはどうあってもセンターはさぼれないと強く感じたのである。……（142頁）

ピンポン

ここでいうコミュニティー・センターというのは、党員のための活動センターであって、一般の労働者（この小説では「プロレ」と言う）は除外されていますから、日本でいま考えられているコミュニティ・センターとは若干意味が違います。いずれにしても、コミュニティー・センターへの出席回数がチェックされ、レクリエーションまで管理されるとなりますと、もはや何をかいわんやというところです。イングソックの党員は、もはや人間であってはならないのですから。

活動センター

さて、「イングソックとチェスの関係について」と題する興味深い講演会の話が出てきますが、これはどうやら現代の社会主義国家（掲載時）にも通用する演題といってよいようで

チェス

す。ご存知の方が多いと思いますが、社会主義の国ぐにではチェスや囲碁のような盤上遊戯も堂々たるスポーツの一角を占めています。つまり、チェスや囲碁は、生産労働のために重要な再生産活動として評価され、スポーツのなかに明確に位置づけられているからです。日本でいえば国民体育大会レベルに相当する社会主義国のスポーツ大会の正式種目にチェスなども立派に名を連ねているものでもあります。ただ、作者のジョージ・オーウェルがこのあたりの事情を承知した上で、なおかつパロディーとしてこのような話題を取り扱ったかどうかは知る由もありません。

盤上遊戯

正式種目

「イングソック」と「サッカー」の語源

ついでに、ここで「イングソック」ということばに焦点を当ててみたいと思います。イギリス社会主義のイデオロギー的要求に応えて考案された言語が、いわゆる「新語法（ニュー・スピーク）」と呼ばれる言語で、できるだけことばを簡略化し、単純化させることに主眼を置いた言語法のことを言います。したがって、旧語法によるイングリッシュ・ソーシャリズムということばは長すぎるので、これを簡略化して「イングソック」と呼ぶことにし、スペルも〝ＩＮＧＳＯＣ〟と表音化することにしたものです。この話からすぐに連想できることは、中国が漢字を簡略化して「新字体」を用いることにしたことや、日本の「当用漢字」の話です。作家ジョージ・オーウェルに言わせれば、ことばを簡略化したり、単純化したりすることは民族固有の文化をほろぼす元凶である、という次第ですが、それらの議論はひとまずおくことにして、ここではもう一つの連想である〝SOC〟について触れておきたいと思います。

それは、「サッカー」(soccer) ということばの誕生についてです。サッカーは、19世紀中ごろにイギリスのパブリック・スクールで熱心に行なわれてきたボール・ゲームから発展してきたもので、初めは「アソシエーション・フットボール」(Association Football) と呼ばれ、日本でも「ア式フットボール」と呼んでいました。しかし、アソシエーション・フットボールという名称はいかにも長く、「スピード化」する近代人の感覚に合わなくなり、略称が使われるようになります。それが「サッカー」というわけです。つまり、Association を soc と呼ぶことにし、「ソック」をおこなう人という意味で er を加え、当初は socker (ソッカー) と表記していましたが、次第に「サッカー」と発音されるようになり、スペルも〝soccer〟と変化した、というわけです。19世紀末に生まれた英語のサッカーは、いまや国際語として通用するまでに普及、発展しているのですから、簡略化による造語が新しい文化を生む場合もあると言えそうです。

民族固有の文化

サッカー

「スピード化」

新しい文化

スポーツマン的忠誠心と辞意性の狂信性

さいごに、スポーツマン的忠誠心と若い女性の狂信性について、ジョージ・オーウェルがみごとな描写をしていますので、それを引用しておきたいと思います。

狂信性

……目鼻のはっきりした二十七歳ぐらいの女で、豊かな黒髪にそばかすだらけの顔と、いかにもすばしこく、スポーツで鍛えたような身ごなしをしていた。**青年反セックス連盟**の象徴である幅の狭い深紅色の飾り帯を幾重にも作業服の腰回りに巻きつけていて、ヒップの曲線を際立たせるほどきゅっと締めてあった。ウィンストンは彼女を最初に一瞥した瞬間から気に入らなかった。その理由は自分にもよく分かっていた。それはホッケー・グラウンドや冷水浴、共同体《コミュニティ》ハイキング向きの雰囲気と、彼女がいつも身の回りにひけらかすいわば精神的な潔癖のせいであった。ウィンストンはほとんどあらゆる女性、なかでも若くて美しい女たちを嫌った。常に女性こそ、なかんずく若い女性こそ党の最も狂信的な信奉者であり、異端者に対する素人スパイやかぎつけ役となるからだ。……（17頁）

精神的な潔癖

狂信的な信奉者

『1984年』

いつの世も若くて美しい女性には要注意という教訓と同時に、スポーツマン的潔癖さも度が過ぎると若い女性にありがちな狂信性に通ずるものがあるという指摘が印象に残ります。

『ウィンブルドン』
ラッセル・ブラッドン著、池　央耿訳、新潮文庫

——テニスは生き方であり、舞台であり、芸術である

テニス文学の傑作

タイトルからも明白なようにテニスを主題にした作品です。ストーリーの展開は迫力満点で、冒頭から息つぐ間もなく、さいごまで一気に読ませてしまうテニス文学の名作の一つと呼んでよいでしょう。テニスがきわめてメンタルなスポーツであることはよく知られているとおりですが、その内面の機微に分け入って、テニス固有の世界をみごとに描ききっている傑作です。

テニス固有の世界

個々のプレイヤーの「テニス観」の違い、それに伴う技術や戦術の違い、その日その日によってことなるプレイヤーの心身のコンディションや気象条件、などなどの精細な描写。その結果として立ち現れる一つひとつのゲームの微妙な綾の違い、それがときにプレイヤー同士の怨恨を生み出したり、あるいは深い友情の絆に結ばれることになったりします。そして、テニスのトップ・プレイヤーたちがこのような激烈で濃密な時間を過ごすことによって、一ゲームごとに着実に「おとな」になっていく姿をこれほどリアルに描いた作品は珍しいと思います。

深い友情の絆

この作品を読んでいますと、以前この連載でも紹介したことのある『遙かなるセントラル・パーク』(トム・マクナブ著)を思い出します。こちらはアメリカ西海岸から東海岸にいたる過酷きわまりない大陸横断マラソン・レースをつづけていくうちに、みせかけのヒューマニズムや半端な知識(教養)や浅はかな欲望がつぎつぎに崩れ去っていき、ゴールに近づくにつれて選手たちがつぎつぎに自己変革を起こしていきます。そして、ついには「懸賞レース」であったことすら忘れて、ランニングの世界そのものを純粋に楽しむあるがままの人間に生まれ変わってしまいます。

自己変革

名誉と死のはざまで演じられるテニスの死闘

この『ウィンブルトン』という作品はそうしたランニング世界のテニス版というところでしょうか。ストーリーそのものはきわめて単純です。ソ連の育成した天才テニス・プレイヤーのツァラプキンがオーストラリアに遠征し、ファイナル・ゲームで対戦したオーストラリア・チャンピオンのキングに負けます。が、ツァラプキンはキングの生き方に魅力を感じ、キングの家に転がり込むようにしてオーストラリアに亡命してしまいます。以後、ツァラプキンはキングと無二の親友となり、ダブルス・ペアを組んで世界のビッグ・タイトルをつぎつぎに獲得していきます。そして、シングルスの対戦ではツァラプキンはつね

生き方に魅力

『ウィンブルドン』

にキングに勝ちをゆずります。というより、ツァラプキンはみずからのテニス哲学にもとづき「勝つ」ことにこだわりません。その必然的な結果というわけです。

しかし、ウィンブルドン大会のファイナル・ゲームで対戦することになったこの二人は、ゲーム開始早々「優勝した者を殺す」という「殺し屋」によってゲームそのものがハイ・ジャックされてしまいます。自分が勝てば殺される。かといって相手に勝ちをゆずれば相手が殺される。そういう極限状況のなかで親友同士がお互いに名誉と死のはざまでの葛藤に苛まれながらも「自分が勝って身代わりになる」ことを決心し、それこそありとあらゆる技術・戦術を駆使して「死闘」を展開します。こうした状況設定がテニスというきわめてメンタルなスポーツの内面を解きあかす上で、心憎いばかりに成功しています。

ハイ・ジャック

「死闘」

ソ連の天才テニス・プレイヤー

さて、冒頭にまず、ソ連のスポーツ選手養成の描写をひいてみたいと思います。

ソ連のスポーツ選手養成

「この十年間で社会主義諸国は、一度目標が定まれば、スポーツのあらゆる種目の潜在的チャンピオンは必ず発掘され、現実にチャンピオンに仕立て上げられることを実証した。いいか、ヴィサリオン・ヴィサリオノヴィッチ。君は十歳の時に、二万人の候補者の中から選ばれて、チャンピオンに仕立てるためにモスクワに連れて来られたのだということを忘れるな。誰とやっても勝てるという信頼があって、君はここへ派遣された。にもかかわらず、君はキングに負けて祖国に背いた」（28～29頁）

ヴィサリオン・ヴィサリオノヴィッチとはソ連が養成した天才テニス・プレイヤー、ツァラプキンのことです。このようにして英才教育されたツァラプキンはつぎのような、なぜかたいへん興味深いテニス哲学をみずから体得してしまいます。

テニス哲学

……テニスはそれ自体ひとつの生き方であり、一種の舞台であり、芸術の一形態であるということを、いったいレリュシェンコにどう説明したらよかったろう。テニスの官能的な歓びや、選手と観衆の間に醸し出されるあの不思議な一体感のことを、プレイヤーではない人間にいったいどうして伝えることができるだろう。

不思議な一体感

シングルスの大試合はコンチェルトのようなものだ、とツァラプキンはよく思うことがある。選手は独奏者、観衆はオーケストラなのだ。そのような試合でどちらが勝ったか負けたは本質的な問題ではない、とツァラプキンは信じている。（33頁）

コンチェルト

「テニスは芸術である」という哲学

「勝つ」ために養成されたはずのソ連のテニス・プレイヤーが、「テニスは芸術である」という哲学を身につけてしまうこと自体、やや不自然な感じがしないわけではありません。しかし、本当の天才は政治体制やイデオロギーの壁をつきぬけてしまって、天才のみが感ずることのできる「美」（あるいは「快」）の世界にひたりこんでしまうものかも知れません。「美」世俗の欲望や打算を越えた向こうにあるもの、その美しい世界にすばやく反応できるかどうかが天才と凡才とを分かつポイントのようです。

見物の顔が動く

「見物の顔が動くだろう。あのリズムが大事なんだよ。ほら、こう……」彼は目に見えぬボールを追って左右に頭をふった。「僕は見てるわけじゃないよ。でも、感じるんだ。見物が息を殺してると、僕は集中できる。歓声があがれば僕は走るし、拍手が聞えると、〝気楽に行こう。つぎのポイントを考えろ〟って言われているのがわかるんだ。モスクワのボリショイの踊り手に知り合いがいたけどね、バレーでもやっぱり同じだって言ってたよ。彼らに言わせるとね、観客がいなかったら、バレーは体操だって。観客の前で

はじめてバレーは芸術なんだ。テニスだってそうだよ。観衆がよければね」（90〜91頁）

観衆がよければ「劇場」

ウィンブルドン大会のテレビ中継などをみていると、まさにここに描かれているような観客とプレイヤーとの一体感というのがよくわかります。まさに素晴らしい演劇がくりひろげられている「劇場」をみる思いがします。よい観客と優れたプレイヤーが一体となって初めて素晴らしいプレイが可能となる、と天才ツァラプキンは主張します。そして、その意味でもウィンブルドンは最高だといいます。

ウィンブルドンのセンター・コートは「劇場」

「ホワイト・シティやクーヨンのコートだって悪くないぞ。そりゃあまあ、ここほどしっとりと落ち着いた感じはないかもしれないけど……」

「競馬場のパドックと大差ないよ」ツァラプキンはうなずいた。「でも、ここはまさに劇場だよ」

「フォロだってそうじゃないか」

「フォロはようするに運動場だよ」

『ウィンブルドン』

「ローラン・ギャロは?」

「家畜の柵囲《キャトル・ペン》だね」

「ウェストサイドは?」

「蛇穴」

「じゃあ、やっぱりここで試合するのが一番じゃないか」(142～143頁)

ここ、とはウィンブルドンのことです。プレイヤーに対してもっとも厳しい「マナー」が要求されるところとしてもウィンブルドンは有名です。じっさいに審判の判定に不服で、悪態をついたばっかりに罰金をとられた選手が何人もいることもよく知られているとおりです。それにしても他のところのコートを「競馬場のパドック」とか「運動場」とか「家畜の柵囲」とか「蛇穴」などと形容しているのは、プレイヤーのサイドからみた表現としてたいへんおもしろいと思います。

「競馬場のパドック」

清水善造選手も登場

ところで、この本のなかには日本選手の話も登場してきますので、その内の一人を紹介したいと思います。テニス・ファンなら誰でも知っている清水善造選手です。

清水善造選手

「それから、オーストラリアの選手でランドルフ・ライセットという人がいたね。これが大変な豪球の持主だったけれども、大きな試合では一度も優勝したことがない。というのは、この人はコートで咽喉《のど》を潤すのに好んでジンを飲んだからなんだ。一九二一年に清水という日本選手と対戦した時に、ランドルフはジンを飲みすぎて、第五セット、8—9というところまで行ったところには、もうへべれけで、とても試合どころじゃあなくなっていた。ただもうふらふらで、シャンペンを持って来いと怒鳴るばかりだったそうだよ。最終ゲームでは、自分のラケットを捜してコートを這《は》いまわる始末でね、試合は10—8で清水が勝った」（117〜118頁）

「草刈り」打法

１９２０年代といえば、男子ではチルデン、女子ではスザンヌ・ランランなどという不世出の名選手が登場して、テニス人気の沸騰した全盛時代だったのに、そんな時代にジンをあおりながらビック・ゲームでプレイする選手がいたなどという話に出会うとなにかホッとしたものを感じてしまいます。清水選手といえば、あの「草刈り」打法と呼ばれる変則打法と、ねばりにねばって尻上がりに調子をあげる選手として有名ですが、こんな選手に当たったランドルフ・ライセット選手の方にむしろ同情したいくらいです。この時代には「タイ・ブレイク」というルールがなかったのですから、すべてのセットで2ゲーム差がつくまで延々と試合は続けられたわけです。

過去の記録を調べてみますと、ゲーム数通算136という三日がかりの大試合があったということです。これはもう常軌を逸しているとしかいいようがありません。このようなロング・ゲームが一つあるだけでビッグ・トーナメントのスケジュールは収拾がつかなくなってしまいます。そのための苦肉の策として登場したのが「タイ・ブレイク」です。しかし、伝統のあるウィンブルドン大会ではファイナル・ゲームのマッチ・セットに限り「タイ・ブレイク」を適用しないことになっています。したがって、この作品のさいごの部分に描かれている第5セットも、もつれにもつれてゲーム・カウント24—22でやっとケリがつくという結末を迎えます。

なにはともあれ、テニス・ファン必読の書としてこの本をお薦めしたいと思います。

「タイ・ブレイク」

三日がかりの大試合

『十二本の毒矢』

ジェフリー・アーチャー著、永井　淳訳、新潮文庫

——「運命は審判であり、希望はボールである」

「人生はゲームである」

『百万ドルをとり返せ！』というケタはずれに面白いエンターテインメントの長編小説によって鮮烈なデビューをしたイギリスの作家ジェフリー・アーチャーのファンは少なくないと思います。『ケインとアベル』（全2冊）、『ロシア皇帝の密約』（スピルバーグ映画化）、『大統領に知らせますか？』などなど、読み出したら止まらない不思議な面白さがジェフリー・アーチャーの最大の魅力です。そんな話題作のなかから唯一の短編小説集『十二本の毒矢』をとりあげてみました。書名のとおり、十二編の短編が収めてあり、それぞれに思わずニヤリとさせられてしまう洒落た「落ち」がついていて、それを「毒矢」と名づけたというわけです。

この短編集のなかに『センチュリー』というクリケットを題材にした作品が収められています。まず、そこから見ていってみたいと思います。

「人生はゲームである」と、A・T・ピアスンは喝破《かっぱ》し、そのひと言で現実にはいかなる業績も残す必要なしに不滅の存在となった。もっともE・M・フォースターはさらに

ジェフリー・アーチャー

『センチュリー』

「人生はゲームである」

いちだんと深い洞察《どうさつ》を示して、つぎのように書いている。「運命は審判であり、希望はボールである。だからこそわたしがローズ競技場でセンチュリー（訳注　クリケットで一人の打者が百点またはそれ以上の得点をあげること）を達成することは絶対にないだろう」（140頁）

「運命は審判」

訳注にありますように、「センチュリー」というのは文字通り「百点」を意味し、一試合でそれ以上の得点をたたき出したクリケット選手に贈られる最大の「称号」です。クリケットで「センチュリー・プレイヤー」となるのはそれほどに至難の技であるわけです。たとえば、いちどこれを達成しておけば生涯この勲章をぶらさげて生きていくことができるほどのものなのです。その意味を理解するにはクリケットというゲームがどういうものであるかが判らないとどうにもなりません。それには少し長い説明が必要です。

「称号」

「クリケット」のルールについて

クリケットは一見したところ野球とよく似たところがありますので、野球はクリケットから派生したゲームだという説もありますが、実際にゲームをやってみますとそれは違うということがよく分かります。似ているところはボウラー（ピッチャー）とバッツマン（バ

クリケット　クリケット

ッター）の攻防という形式ですが、その中身はまるで違います。

野球

たとえば、野球のベースに相当するところにウィケット（三柱門）があって、クリケットのボウラーはこのウィケットめがけてボールを投げ、そのボールがウィケットに当たれば「アウト」が取れます。したがって、バッツマンは「アウト」を取られないようにウィケットに当たりそうなボールを必死になってバットに当てて防ぎます。ボールがバットに当たって転がっても、バッツマンは走る必要はありません。とにかく、ボウラーが投げる6球のボールをウィケットに当たらないように防ぐことがバッツマンの第一の攻防となります。

「ノット・アウト」

つまり、「ノット・アウト」（アウトにならない）を持続することが偉大なバッツマンの第一条件となります。その上でいかに得点を重ねるかということが、「センチュリー・プレイヤー」となるための第二の条件となります。

得点のあげ方

得点のあげ方はつぎのようです。グラウンドの中央にさきほどのウィケットが22ヤード（約20m）の距離をおいて二か所に立てられています。そして、両方のウィケットに一人ずつバッツマンがいます。ボウラーはそれぞれのバッツマンに6球ずつボールを投げて「アウト」を狙います。バッツマンはひたすら「アウト」を取られないようにウィケットを守ります。ボウラーの投げる6球のうちチャンス・ボールがきたらバッツマンはバットを振って打ってでます。チャンス・ボールとはバッツマンが空振りしてもボールがウィケット

チャンス・ボール

に当たらないボールのことです。そういうチャンス・ボールを打って、ボールが野手の間を抜けて転がっていったとき、バッツマンはもう一か所のウィケットに向かって走ります。このとき、向う側にいたもう一人のバッツマンも走って入れ替わります。これで1点を獲得することができます。さらに、ボールが遠くまで転がっていれば、その間、何回でもウィケットの間を往復することができます。一回入れ替わって1点、一往復すれば2点、一往復半すれば3点、という具合に加点されていきます。この間にボールが返ってきて、バッツマンがウィケットの間を走っている途中でボールをウィケットに当てることができれば、そのバッツマンは「アウト」になります。したがって、打ったボールがあまり遠くまで転がらなくて、向う側のウィケットまで走って得点することができないと判断した場合にはバッツマンは走る必要はありません。

もう一つ「アウト」を取る方法は、バッツマンの打ったボールを野手がノー・バウンドでキャッチした場合です。以上の三つが基本的な「アウト」の方法です。

「アウト」の方法

以上がクリケットの攻防に関する概要です。こうして、ボウラーとバッツマンの粘り強い攻防が繰り返されることになります。場合によっては、得点を重ねることもできませんが、「アウト」も取られないで粘る、そのまま延々と時間が過ぎていくことも稀ではありません。そして、とにかく11人の打者が一巡するまで、つまりテン・アウトまで攻撃を続け

テン・アウト

ます。テン・アウトになると攻守ところを代えて相手チームの攻撃となります。こうして、2イニングスの攻防を闘います。

クリケットの試合時間は、ここに出てきますオックスフォード対ケンブリッジの大学対抗で、3日間です。これで決着がつかなければ「ドロー」（引分け）です。つまり、2イニ 3日間ングスの攻防が3日間では終わらない場合、それが「ドロー」というわけです。そして、「ドロー」驚くべきことにレベルが高くなればなるほど、そのほとんどのゲームは「ドロー」で終わる、というのです。

「センチュリー」を叩き出すことの意味

ここまできてやっと「センチュリー」の問題を考えることができると思います。「ノット・アウト」を持続しながら、100点を叩きだすということがいかに至難の技であるか 100点は、つぎのように言えば判りやすいかと思います。

一人で100点を取るには時間にして最低4〜5時間、多ければ2日間にまたがることも稀ではありません。つまり、これだけの長時間、冷静さを保持しながらトップ・コンディションの状態でバッティングに集中する能力が問われるわけです。野球のバッターがわずか2～3分バッティングに集中するだけで大変だと言われていることを考えると気の遠くなるような話です。このような超人的な能力（集中力の持続）を発揮した人物に対しイングランドの人びとは破格の敬意を表するという次第です。

このあたりのところはいかにもイングランド的といえばあまりにもイングランド的なのですが、いささか度を越している、あるいは時代錯誤だ、という批判もないではないようです。たとえば、この短編集の『ハンガリーの教授』という作品のなかで、作者はハンガリーの英文学の教授とイングランドの陸上競技の選手とにつぎのような会話をさせていることからも窺い知ることができます。まず、ハンガリーの英文学教授の告白から。


……「正直なところ、あのゲームだけはついに理解できません」

「ご心配なく。イギリス人も半分は理解できませんよ」

「しかしわたしは理解したい。ガリー、ノーボール、ナイト・ウォッチマン、意味はわからないながら興味をそそれらる用語がいっぱいあります」

「だったら今度イギリスへいらしたときにぜひ連絡してください。ローズ・クリケット場へお連れして、いろいろ説明してあげましょう」（239頁）

超人的な能力

イングランド的

ローズ・クリケット場

「イギリス人」

「イングランド人」

民族と文化

厳密に言いますと、ここで言う「イギリス人」という訳語が少し気にかかるところです。と言いますのは、原語はおそらく English あるいは Englishman であろうと思われますので、一般的には「イギリス人」でよいのですが、より厳密にスポーツ史的なコンテクストから読むとすれば、ここは「イングランド人」の方が迫力が出てきます。なぜなら、クリケットに絶大なる価値を置いているのはイギリス人のなかでもイングランド人に限定されているからです。その他のスコットランド人やウェールズ人はクリケットに対しあまり強い関心を示しませんし、北アイルランド人はむしろ敵愾心すら抱いていると言われていますので、「イギリス人」ではやはり具合が悪い、というのが筆者の考えです。わたしたち日本人は「イギリス人」ということばの背後にあるこのような民族の問題とその歴史過程についてあまりに楽観的にすぎるところがあります。しかし、イギリス・スポーツ史を考える面白さの一つはこうした民族（問題）と文化（複合）の微妙な関係を考えることにあるのですから、この点は見逃すわけにはいきません。

さいごに服装の話を一つ。

最高のお洒落の仕方

スポーツ・スウェーター

さいごに、スポーツ・スウェーターについて、ひとこと触れておきたいと思います。クリーム色のスウェーターに入っている「ダーク・ブルー」の線がなにを意味しているのか、知っておいて損はないと思います。

ダーク・ブルー

> ……青年の父親の名声は、ローズ競技場でオクスフォード・チームのキャプテンとしてケンブリッジと戦ったときにセンチュリーを達成したことで、いやがうえにも高まった。その後インド・チームのキャプテンとしてイングランドと対戦するときは、いつも誇りをもってネックとウェストにダーク・ブルーの帯が入ったクリーム色のセーターを着たものだった。(141頁)

この種のスポーツ・スウェーターは街角でいくらでも見かけるものです。が、それらのセーターのネック・ラインや袖口やウェストにアクセントとして使われる色に意味があるというのは驚きです。「ブルー」の称号がこんなところに生きているとは。このことの意味を理解して、「ブルー」のラインの入ったスウェーターを着るとしたら、これこそ最高のお洒落というものでしょう。

『十二本の毒矢』

『長距離走者の孤独』

アラン・シリトー著、丸谷才一・河野一郎訳、新潮文庫

――スポーツの論理に目覚めた少年の「独立宣言」

本当の「誠実」とはなにか

感化院に送られた少年（17歳）が、クロスカントリーの選手としての才能を見出され、大きな競技会に出場するためのトレーニングに励みます。少年もランニングが好きで、寒い冬の早朝練習にもめげず、喜び勇んで走りつづけます。しかし、かれの目的は競技会に出て優勝することではなかったのです。

それは、感化院の院長が少年たちに説いて教えた「誠実」に生きることの意味に対して、少年は自分流の「誠実」な生き方を実践してみせることにありました。院長は感化院における「勤勉な作業」とクロスカントリーの「好成績」を呼びかけます。この2点で「誠実」さを発揮すれば、はやく感化院から出て社会復帰できるよう力になろうと約束します。しかし、少年はトレーニングをしながら考えます。いったい、本当の「誠実」とはなにか、と。

……奴らはおれを競技大会のために訓練させているんだ。豚みたいな顔をして、乙にすましやがった紳士淑女の――2たす2もわからなきゃ、ぺこぺこかしずく女中なしじゃ

クロスカントリー

「誠実」な生き方

どうにもならない――連中がやってきて、スポーツこそ堅気な人生を送るべく導いてくれ、むずむずする指先を店の錠前や金庫の把手《とって》や、ガス計量器《メーター》をこじあける針金から遠ざけてくれる絶好のものである、てな演説をぶってく日のためにだ。おれたちが競馬うまみたいに、走ったり跳《と》んだりでへとへとになったあと、奴らは青いリボンの切れはしとカップを賞品としてくれるのだ。ただおれたちは、競馬うまほどよく面倒をみてもらえないのが馬と違うところだ。(10頁)

競馬うま

長距離走者の「孤独」な闘い

少年の哲学

社会の最底辺で、盗みや万引きをしなければ生きてこれなかった少年の哲学は、いわゆる社会一般の常識の虚をつく鋭いものがあります。自分がいまこうして一生懸命トレーニングに励んでいるのは自分自身のためではなくて、どうやら、院長や紳士淑女と呼ばれている人びとの利益のためらしい、と気付きます。

クロスカントリーに優勝するということは、かれらを喜ばせることであって、かれらのいう「誠実」を正当化することになってしまい、結局は、自分を売ることになってしまう、と考えます。そして、自分に「誠実」を貫くとすれば、かれらの論理＝真面目に努力すれ

真面目に努力

ばかならず救われる、を根底からつきくずすことだ、そのための最高の手段はこんどのレースに負けることだ、という結論に到達します。ここから少年の長距離走者としての「孤独」な闘いがはじまります。

ランニングそのものは楽しい。しかし、レースには勝ちたくない。この二極の間を揺れ動きながら、少年は走りつづけ、考えつづけます。そこでまず、院長には自分の本心とは正反対の意思表示をします。

……それじゃやりましょう、何とか全英長距離クロスカントリー競技ボースタル・ブルーリボン賞杯を獲得するよう努力しますといってやると、えらいぞなんて背中を叩《たた》きやがった。（15頁）

全英長距離クロスカントリー競技

おれは競馬うまじゃないんだ！

少年は、院長の求める「誠実」を演じることによって、まずは自分の本心をカムフラージュすることに努めます。院長はますますご機嫌になっていきます。

……今では院長の奴め、持ってるかどうか知らないが、持ってるとすりゃ自分の競馬うまに話かけるみたいな調子で、視察にまわってきておれに言いやがる——

「どうだ、調子はいいかね、スミス?」

「はい、院長」とおれは答える。

奴は半白の口ひげをひょいとはじき——「走るほうはどうだ?」

「夕食後、トレーニングのつもりで構内を軽くまわることにしてます」とおれは答えてやる。

太鼓腹で出目金《でめきん》の院長野郎は、それを聞いてにこにこしやがる——「そりゃいい。きみならきっとあのカップを取ってきてくれるだろう」

おれは声をひそめて誓う——「くそっ、取ってたまるかい」なあに、だれがあのカップなんか取ってやるもんか、ちょび髭《ひげ》をひねくりまわすふうてん院長が、いくらおれに期待をかけてやがったって。(15頁)

こうして、少年の計画は着々と進んでいきます。そして、おれは競馬うまではないのだ、おれだって人間なんだ、だから、おれにはおれの考えがあるのだ、おれのような考えや秘密をもった人間もいるのだということを院長に知らしめてやる必要があるし、そのような力だってあるということを示してやるのだ、これこそがおれ流の「誠実」な生き方なのだ、と考えつづけます。

走ることの「快感」と人間としての「誠実」

他方では、少年はランニングそのものの楽しさを存分に満喫します。だれにも拘束されないで、自分の自由意思で走っていることの快感、３００人もの感化院の仲間が惰眠を貪っている間にひとり飛び出していって、冬の早朝の寒さに身をさらす快感、仲間のだれよりも速く走れるという優越感、頭がしだいにクリアになってきて、いろいろのことが考えられる楽しさ、走っていることの苦しさを抜け出したあとの夢見心地、など。

こうしていよいよ大会当日がやってきます。

太鼓腹の出目金《でめきん》院長は、太鼓腹の出目金淫売女房の隣にすわった太鼓腹の出目金国会議員に言った、全英長距離クロスカントリー競技のボースタル・ブルーリボン賞杯を取ってくれるのはこの青年だけです——おれは腹の中で大笑いしてしまったが、太鼓腹の出目金野郎に望みを与えるようなことはひとことも言わなかった。もっとも黙ってたとこ

おれ流の「誠実」

ランニングそのものの楽しさ

ボースタル・ブルーリボン賞

ろで、どうせ院長の野郎はその沈黙をいいことに、もうカップがほかのいくつかのかびの生《は》えたトロフィーといっしょに、自分の部屋の本棚《ほんだな》の上にのっかったつもりでいるだろうことはわかっていた。（50〜51頁）

勤勉でルールの守れる人間に仕立て直す

感化院

感化院というものが社会的にどのように位置づけられ、どのように機能することが期待されているのかということを考えてみれば、この競技会の持つ意味もはっきりしてきます。つまり、感化院が少年たちの厚生施設であるかぎり、過去のあやまちを反省して、勤勉でルールの守れる人間に仕立て直して、もういちど世に送り出すことを第一の使命としていることは言うまでもありません。その感化院の少年たちが集められ、行われる全英長距離クロスカントリー競技会がどのような性格のものであるかも、もはや説明するまでもないでしょう。

大レース

たしかに大レースだったのだ、パタパタはためくユニオン・ジャック旗の下の大スタンドで見守っている奴らにとっては。院長が待ちに待っていたレースだったのだ。奴や出目金野郎ども全部が、ポケットに持ってるだけの金を、今後五年間にもらう給料の全部を、百対一でおれに賭《か》けていてくれるのをおれは願っていた。奴らがたくさん賭ければ賭けるほど、おれはしあわせだった。なぜなら、奴らが祭り上げた優勝候補は今ここに消え去り、息がつまろうとつまるまいと、大笑いをあげて消えてゆこうというのだ。（53頁）

感化院のスポーツ大会の実態

社会正義の名のもとに開催される、感化院のスポーツ大会の実態がちらりと顔をのぞかせます。院長にしてみれば、優勝カップを取ってきてくれるかどうかだけが重大事であって、あとのことはたいした問題ではないわけです。なぜなら、優勝カップを獲得するということは、とりもなおさず、その感化院の「教育」の成果であり、すべては院長のお手柄であるというところに収斂されてしまうからです。だから、「賭け」をしてでも優勝カップは手にいれたいのです。それにひきかえ、少年の方のとりぶんはみじめなものです。優勝者にあたえられるブルーのリボンだけです。感化院内の少年たちからは逆に冷たい目で見られるのがおちです。少年はこのあたりのところを冷静に見極めたうえで、「勝たない」作戦でレースに臨みます。

優勝カップ

「教育」の成果

少年はレースをまったく意識しないで、ひたすらマイ・ペースで楽しいランニングをつづけます。そして考えつづけます。しかし、いつの間にやらトップ・グループにいることに気付き、不思議な孤独感に襲われます。

マイ・ペース
トップ・グループ

……おれはすでに汗でシャツの黒くなったガンソープ選出の選手を抜き、柵で囲った雑木林の角をちらと前方に見ることができた。そこではこのレースに勝つためにおれが抜かなきゃならない唯一の男が、中間点に辿《たど》りつこうと全速力で走っていた。やがて奴の姿は林と藪に隠れて見えなくなった。他の選手も見えない。おれにもクロスカントリー長距離走者の孤独がどんなものかがわかってきた。おれに関するかぎり、時にどう感じまた他人が何と言って聞かせようが、この孤独感こそ世の中で唯一の誠実さであり現実であり、けっして変わることがないという実感とともに。おれのうしろの走者はうんと遅れているに違いない。（56頁）

孤独感

もともと勝つつもりのないレースではあったのですが、自分の前を走るただ一人のランナーがちらりと見えて、ふたたびだれも見えなくなってしまいます。前にも後ろにもだれも見えない自分ひとりだけの寂しさ。このランニング中の孤独感こそ「世の中の唯一の誠実さであり現実」だと少年は実感します。この辺の描写はまことに意味深長ですので、へたな解説はしない方がよいと思います。ただ、院長の説く「誠実」とはいかに遠い距離を持っているかという点だけは指摘しておきたいと思います。

「誠実」とは人間としての「独立宣言」

少年はひたすらこの孤独感を楽しみながら、あれこれ思いを馳せ、考えに考え、こころよいランニングをつづけます。そして、ついにトップに立ち、しかも、そのリードはどんどん開いていきます。しかし、ゴールを目前にして少年はさいごの決断をします。

……今や観覧席では紳士淑女連中が叫び、立ち上がって、おれに早くゴールへはいれとさかんに手を振っているのが見える。「走れ!　走れ!」ときざな声でわめいてやがる。だがおれは、つんぼでめくらで白痴のようにその場に立ったきりだ。まだ口の中では木の皮を噛み、赤んぼみたいにおいおい泣きながら立ちつくしていた。とうとう奴らをやっつけたことで、嬉し泣きに泣けてきたのだ。(68頁)

嬉し泣き

これが少年のいう「誠実」です。

感化院の院長や紳士淑女のような名士の求める「誠実」の欺瞞性を見抜いてしまった少年が、みずからの「内なる声」にしたがうことこそ「誠実」なのだと決心するまでの「孤独な葛藤」を描いた名作です。地位や権力や名誉のための、いわば計算も打算もみえみえの「誠実」に背を向け、おまけにみずからの優勝という名誉にも背を向け、ただひたすら純粋に走ることから得られる快感に身をゆだねていくこと、これこそがなにものにも代えがたい自分流の「誠実」なのだ、と少年はめざめます。

体制論理にからめとられることのない、まったく自由なスポーツの論理に目覚めた者の「独立宣言」のようにも読み取ることができます。それはまた、まことに「孤独」な闘いでもある、というわけです。

「内なる声」

「独立宣言」

『イルカを追って』——野生イルカとの交流記
ホラス・ドブス著、藤原英司・辺見　栄訳、集英社文庫

——自然と一体化するスポーツの可能性

イルカと人間の交流

ジャック・マイヨールの『イルカと、海へ還える日』（講談社）を読まれた読者は多いと思います。こちらはいわずと知れた「素潜り」で水深１００メートルを突破した人類初の男ジャック・マイヨールの未知の世界への挑戦の記録でした。そのプロセスでジャック・マイヨールは一頭のイルカと出会います。そして、そのイルカとの交流・交信をとおしてイルカになり切ることを決意します。そのために、かれは、瞑想をしたり、坐禅の修行をしたりして、みずからの「からだ」と「こころ」の改造にとりかかります。そうして、ついには、現代科学では説明のできない「からだ」と「こころ」をわがものとし、水深１００メートルの「素潜り」に成功します。

このジャック・マイヨールの「人体実験」もさることながら、人とイルカとのコミュニケーションの保ち方にも、人びとのつよい関心が向けられるようになりました。その後の「イルカ・ブーム」と呼ばれる出版ブームがそのことを如実に物語っているといってよいでしょう。そうした類書が数あるなかで、今回は、ホラス・ドブスの『イルカを追って』をとりあげてみました。

「素潜り」

「からだ」と「こころ」の改造

「イルカ・ブーム」

ジャック・マイヨールの出会ったイルカは水族館に飼育されているものでしたが、今回のホラス・ドブスは野生イルカとの交流です。かれは、1974年に初めて野生のイルカに出会って以来、仕事をほうりなげてイルカの世界に没入していきます。以後、さまざまなレベルでの野生イルカとの交流を試み、その記録を映画や書物にまとめることに専念します。そのかれが報告してくれている事例のなかから、これからのスポーツ文化を考える上できわめて興味ぶかい話題を一つとりあげてみたいと思います。

野生イルカとの交流

それは一人の女性と野生イルカとの交流記です。

自然と一体化する感性

独特の感受性

モーラの動物に対する独特の感受性は、子供時代に養われたもののようだ。モーラはライセスターシャーで生まれたが、父親はマン島出身の地質学者で、のちにイギリス本土で職についた。モーラが子供時代のほとんどをすごした家は、エビントンにあった祖父母の農場の隣にあって、小さな牧草地を横切れば、祖父母の家へ行くことができた。そしてモーラは自分の家と祖父母の家の両方を自分の家庭のように思って行き来した。そのころのモーラは、どこにどんな花が咲き、カエルがどこで卵を産み、鳥たちの巣がどこにあるかをよく知っていた。彼女自身のもっとも古い幼いころの記憶は、干し草小屋の中に長い間、あお向けに寝ころんで、メンフクロウがヒナに餌を与えるのを眺めていたことだった。彼女は生まれつき自然との一体感をもっていて、自分の周囲に展開する動植物の生活を、完成されたジグソー・パズルのように、すべてがあるべきところにしっくりとはめこまれ、融けこんで存在するものとしてとらえていた。(27~28頁)

自然との一体感

人と野生イルカとの交流が可能であると聞けば、だれもが自分も、と少なからずこころ動かされるのではないかと思います。しかし、だれでも野生イルカと交流が可能かといえば、どうもそうではないようです。まずは、自分の身のまわりの動植物にたいする独特の感受性が必要で、「生まれつき自然との一体感」をもっていることが必要のようです。あるいは、ジャック・マイヨールのように瞑想や坐禅をしてみずからの「からだ」と「こころ」を改造することが必要のようです。

瞑想や坐禅

ここでは、まず、モーラという女性の自然に対する彼女特有の感受性とそれらを培った生活環境が語られています。こういう話に接しますと、かつて、小鳥と交流することを楽しんだと言われる禅僧で鳥類学者の中西悟堂のことを思い出します。かれは、森のなかに入って鳥の観察をはじめる前に、まずは坐禅をするというのです。そうすると、近くにい

中西悟堂

た小鳥たちがかれのまわりに集まってきて、じつに賑やかに遊びはじめるといいます。そうすると、いつの間にやら、自分が小鳥の「こころ」になっていることに気づくというのです。そうこうするうちに「会話」まで楽しめるようになったということです。この世界もまた、だれでも入れるものではない、ということは自明です。

小鳥と「会話」

野生イルカとの最初の出会い

彼女が初めてドナルドを見たのはクレリンのように水中ではなく、ある夕方、フォート島の突堤の先に腰をおろしていた時だった。その時、イルカは突然姿を見せ、つないであるいくつものボートの間を、まるでスキーのスラロームのようにジクザグに猛スピードで泳ぎまわった。その姿は、まるで遊び盛りの子ネコが巨大な海の生物に変身したかのような感じだった。イルカは猛スピードでボートに向かって突進し、あわやぶつかるという寸前で、すさまじいしぶきをあげて身をひるがえしたので、大きなうねりがボートの舷側に打ちつけた。イルカは空中へもはねあがり、見ているモーラに、爆発するようなエネルギーを感じさせた。モーラはただ驚きをもってそのイルカのアクロバットを眺め、そんな動物が暗い水の中で突然、目前に迫ってきた時、クレリンが恐怖を感じ

爆発するようなエネルギー

たのも、むりはないと思った。(30頁)

これが、まず、モーラと野生イルカのドナルドとの劇的な出会いでした。このフォート島に来れば人に好意をもっている野生イルカと出会うことができると聞いて、モーラの方からこの島にやってきたというわけです。そこへ、いきなりお目当てのドナルドが現れ、強烈な歓迎の挨拶を受けます。これは、どうみても、ドナルドにある意図があってやっているこことしか考えられません。初対面、それも、海の中ではなく、モーラはまだ岸辺に腰をおろしているというのに、これだけの意志表示をするというのは「ただごと」ではありません。すでに、ドナルドの方がモーラという女性の存在になにか特別のものを感じとっていたのでしょうか。

初対面

このドナルドの爆発的なエネルギーに、モーラの方がややたじろいだのではないかと思います。そこで、モーラはある作戦を立てて、ドナルドとの接触をはじめます。

ドナルドとの接触

野生イルカとの触れ合い

やがて、ある日、モーラはダービー港《ヘイブン》の沖でドナルドと出会ったが、その時のモーラにはすでにドナルドの大きな体とその内に秘められたすごいエネルギーについては、あるていどの心構えがあったといえる。その時、モーラは男のダイバー二人と海へはいったが、当初予定していたアクアラングを使うのをやめ、シュノーケルを使ってイルカと泳ぐつもりだった。（30頁）

シュノーケルで

モーラ独特の感受性がここにも現れています。それはアクアラングを捨てシュノーケルにしようという発想です。なぜなら、できるだけ余分なものは身にまとわないで、ありのままの自分の姿をさらすこと、その方がより自然であるという発想です。つまり、アクアラングから出てくる「アワブク」がドナルドに警戒心を起こさせる原因にならないだろうか、という配慮でもあります。

ありのままの自分の姿

三人は突堤を離れてゆっくりと泳いでいくと、ドナルドがやってきた。しかし、はしゃいだようすはなく、まず最初に、男のダイバーを一人、調べた。それからもう一人の男のほうへ泳ぎ寄り、ついでモーラのほうへ向かった。イルカは静かにモーラのまわりをまわり、それから止まって、正面からモーラを見つめた。モーラは手袋をはめた手を片方、ゆっくりとイルカのほうへのばした。するとイルカは、すっと身を引いて、彼女

見つめる

の手がとどかない所へ退いた。それからイルカは彼女の両足のまわりをゆっくりとまわって泳ぎだした。そこでモーラはもう一度、手をのばして、イルカのあごの下をそっと優しくなでた。今度は、イルカは逃げようとせず、むしろそうしてもらうのが気にいったようだった。モーラはちょうどウマに話しかける時のように、優しくドナルドに話しかけた。するとイルカは反応した。次にイルカがモーラのそばを泳いだ時、彼女は片足をのばしてゴムのひれの先がイルカのお腹をなでるようにした。ドナルドは、これがとてもうれしかったようだ。そして、そのあと三〇分間というもの、ドナルドは、ほかの二人のダイバーを全く無視して、モーラといっしょにおとなしく泳いだ。そしてまもなく三人が突堤へ向かって泳ぎだすと、ドナルドはずっとモーラにつきそって泳ぎ、彼女が水からあがってしまうまで、そばを離れなかった。(31頁)

話しかける

コミュニケーションの原風景

この文章のなかで注目すべき点は四つあるように思います。それは「接近」、「見つめ合う」、「触れ合い」、「語りかけ」です。これらは考えてみれば、まるで、幼児がするコミュニケーションづくりと同じです。遊園地などで遊んでいる幼児を観察してみればすぐにわ

幼児のコミュニケーション

かります。幼児はお互いに、安心できて、興味のある幼児のところには一直線に「接近」していきます。そして、しばらくは観察します。その上で、真正面から相手と「見つめ合い」ます。さらに、大丈夫だと思えばお互いに「触れ合い」ます。そうして、やっと、「語りかけ」をはじめます。これは、大人が初対面の人との「出会い」を成立させるときと原則的には同じです。野生イルカもまったく同じことをして、コミュニケーションを諮ろうとします。

「触れ合い」

　このとき、重要なのは、おそらく「平常心」ということなのでしょう。あるいは、「無心」といったらよいでしょうか。3人のダイバーのうち、モーラがもっともドナルドに気に入られたということは、他の2人にくらべて「より自然」で、「あるがまま」の姿を投げ出していたからだと思われます。ドナルドの「気にいる」ということは、ドナルドの「気」にもっとも近い人ということでしょう。この場合、選択権はドナルドの側にありますから、ドナルドと「気が合う」人が選ばれることになります。

「無心」

「気にいる」

「気が合う」

　ここで「気が合う」とは、ただたんに「仲がいい」ということではありません。また、「仲がいい」かどうかも分からないうちに、すでに、「気」が合うかどうかは分かるものだということです。場合によっては、仲が悪くても「気が合う」ということはありえます。つまり、「気」が通じ合うということです。このことは「好き・嫌い」とは別です。ここでいう「気」とは、道教でいうところの「気」であり、方術や仙術に通じる「気」のことです。このような、大自然や動植物に通底するような「気」を、わたしたちはどこか遠くへ置き忘れてきてしまったようです。

イルカになりきる心をもつということ

ドナルドに無視された形の二人の男は憤懣《ふんまん》やるかたなく、あとでクラブにでかけた時、さんざんぼやいた。そして結局のところ、モーラがそれほどイルカにもてたのは、ドナルドが雄だったからだといったが、本当はモーラが野生のイルカとの間にいち早く親密な関係を築いたのは、彼女のもちまえの動物との相性のよい気質のためだということに気づいていた。（31頁）

動物との相性

著者のホラス・ドブスは「動物との相性のよい気質」という表現で片づけていますが、これは如何にもヨーロッパ近代の合理主義的な発想だと思います。しかしながら、こんにちのわたしたちも、いつの間にやらこの「合理主義」的な発想のなかにどっぷりと浸かっていて、もはや、なんの違和感もなくなってしまっています。はたして、このままでよいのだろうか、というのがじつはわたしの基本的なスタンスです。

このあと、モーラとドナルドは、ひんぱんに出会いをくりかえした。クラブの人たちの潜水は毎週末に行われたが、もしドナルドが近くにいると、ドナルドはいつもダイバーたちの泳ぎに参加した。そしてドナルドは一人一人のダイバーをすべて検分したが、その関心はほとんどいつも、話しかけたり、なでたりするモーラに向けられていた。(32頁)

未来スポーツの時空

野生イルカとの交流は、人とイルカとの間に「気」を交わすことだ、とわたしには見えてきます。人がどこまでイルカの気持ちになり切って、「話しかけ」たり、「なで」たりすることができるようになるのか、ここにも新しい未来スポーツの時空が広がっているように思います。しかし、そこにはスポーツについての大きな発想の転換が必要であることはいうまでもありません。しかも、それこそが、かつて、ジャック・マイヨールが理想として思い描いた世界ではないでしょうか。

『イルカを追って』

（注記：引用文中の旧字体は新字体に、漢数字はアラビア数字に、旧仮名遣いは新仮名遣いに置き換え、読みやすくしました）

※この本に収められた論考はすべて月刊誌『月刊体育施設』(体育施設出版)に連載中のものからの転載です。
それらの掲載年月はつぎのとおりです。

『高慢と偏見』　1985年9月
『トム・ジョウンズ』　1987年11月
『トム・ブラウンの学校生活』　1985年6月、7月
『ヘンリー・ライクロフトの私記』　1985年10月
『シャーロック・ホームズの帰還』　1984年2月
『探偵は絹のトランクスをはく』　1987年3月
『少年』　1990年8月
『完訳・チャタレイ夫人の恋人』　1997年5月
『1984年』　1983年5月
『ウィンブルドン』　1991年8月
『十二本の毒矢』　1991年7月
『長距離走者の孤独』　1990年2月
『イルカを追って』　1997年3月

引用図書一覧

『高慢と偏見』上巻―ジェーン・オースティン作、富田　彬訳
岩波文庫（１９５０年８月30日第１刷発行、１９８４年８月20日第39刷発行）

『高慢と偏見』下巻―ジェーン・オースティン作、富田　彬訳
岩波文庫（１９５０年12月１日第１刷発行、１９８４年８月10日第37刷発行）

『トム・ジョウンズ』（一）―フィールディング著、朱牟田夏雄訳
岩波文庫（１９５１年８月５日第１刷発行、１９７５年６月16日第20刷改版発行、１９８６年４月４日第26刷発行）

『トム・ジョウンズ』（二）―フィールディング著、朱牟田夏雄訳
岩波文庫（１９５１年12月10日第１刷発行、１９７５年７月16日第17刷改版発行、１９８６年４月４日第22刷発行）

『トム・ジョウンズ』（三）―フィールディング著、朱牟田夏雄訳
岩波文庫（１９５２年12月20日第１刷発行、１９７５年８月18日第15刷改版発行、１９８６年４月４日第18刷発行）

『トム・ジョウンズ』（**四**）―フィールディング著、朱牟田夏雄訳
岩波文庫（１９５５年12月20日第１刷発行、１９７５年９月16日第15刷改版発行、１９８６年４月４日第18刷発行）

『トム・ブラウンの学校生活』（**上**）―トマス・ヒューズ作、前川俊一訳
岩波文庫（１９５２年６月25日第１刷発行、１９８９年３月17日第９刷発行）

『トム・ブラウンの学校生活』（**下**）―トマス・ヒューズ作、前川俊一訳
岩波文庫（１９５２年７月25日第１刷発行、１９８９年３月17日第８刷発行）

『ヘンリ・ライクロフトの私記』―ギッシング作、平井正穂訳
岩波文庫（１９６１年１月５日第１刷発行、２００５年１月14日第43刷発行）

『**シャーロック・ホームズの帰還**』―コナン・ドイル作、延原　謙訳
新潮文庫（昭和二十八年四月十六日発行、昭和五十八年三月二十五日五十三刷発行）
『〈スコットランド・ヤード物語〉**探偵は絹のトランクスをはく**』―ピーター・ラヴゼイ著、三田村　裕訳
ハヤカワ・ミステリ（昭和55年11月10日印刷、昭和55年11月15日発行）
『**少年**』―ロアルド・ダール著、永井　淳訳
ハヤカワ文庫（二〇〇〇年四月二十日印刷、二〇〇〇年四月三十日発行）
『**完訳・チャタレイ夫人の恋人**』―D・H・ロレンス著、伊藤　整訳、伊藤　礼補訳
新潮文庫（平成八年十一月三十発行、平成八年十二月十日三刷）
『**1984年**』―ジョージ・オーウェル著、新庄哲夫訳
ハヤカワ文庫（一九七二年二月十五日発行、二〇〇三年一月十五日四十三刷）
『**ウィンブルドン**』―ラッセル・ブラッドン著、池　央耿訳
新潮文庫（昭和五十七年五月十五日印刷、昭和五十七年五月二十五日発行）
『**十二本の毒矢**』―ジェフリー・アーチャー著、永井　淳訳
新潮文庫（昭和六十二年九月二十五日発行、平成元年五月十五日八刷）
『**長距離走者の孤独**』―アラン・シリトー著、丸谷才一・河野一郎訳
新潮文庫（昭和四十八年八月三十日発行、昭和五十二年三月十日八刷）
『**イルカを追って　野生イルカとの交流記**』―ホラス・ドブス著、藤原英司・辺見　栄訳
集英社文庫（1994年7月25日第一刷）

あとがき

文学作品のなかに「スポーツ文化を読む」というこのシリーズもとうとう7冊目となりました。これまでは「児童文学」「伝記文学」「紀行文学」「宗教文学」「評論文学」「伝承文学」といった各文学のジャンル別に「スポーツ文化を読む」という作業をしてきました。が、今回は「イギリス文学」という国別文学のくくり方をしてみました。この試みには特別の意図や企みがあったわけではありません。ただ単に、イギリス人によって書かれ、イギリスで刊行された文学というきわめて便宜的な分類をしただけのことです。それ以外の他意はありません。

ただ、「イギリス文学」というくくり方をすれば、これまでとは違ったなにかが浮かび上がってくるのではないか、というある程度の予測はありました。が、実際にやってみますと、予測を上回る意外な展開が待っていました。その予測とは、「スポーツ」(sport) という近代語を生みだし、さらに、「スポーツマン」(sportsman) や「スポーツマンシップ」(sportsmanship) ということばの内実を醸成した国ですから、それらに関連するなにかがイギリスの文学作品をとおして読み取れるのではないか、ということでした。あるいは、「近代スポーツ」(modern sports) という新しいスポーツ文化の骨格を構築した国、なおかつ、その「近代スポーツ」を世界に輸出した国、もっと言ってしまえば、そのスポーツ文化をとおして世界制覇まで目論んだ国、そのイギリスが生んだ文学ですから、きっと他の国にはない「スポーツ文化」に関連するなにかが埋め込まれているのではないか、という期待です。そんな、当初のほのかな期待でしたが、それがまんまと当たり、予想以上の収穫を得ることができました。

たとえば、『トム・ジョウンズ』という小説は「スポーツマンシップ」ということばの初出文献であった、ということがわかったこと。しかもその事実をＯＥＤ（Oxford English Dictionary）によって確認できたこと。それはまさに欣喜雀躍ということばがぴったりの気分でした。しかも、「スポーツマンシップ」ということばの初期の意味が「優れた狩猟家の精神」であった、ということも驚くべき発見でした。

また、『トム・ブラウンの学校生活』はラグビー・フットボールの初期（１８３０年代）の、乱暴きわまりない原風景をものの見ごとに伝えてくれる作品でした。まさに「マス・フットボール」（寮対抗の試合では50人対１００人というような人数比のフットボール）のパブリック・スクール（ラグビー校）版がそこには描かれています。しかも、このような乱暴なフットボールのなかから、リーダーシップを発揮するキャプテンが生れ、勇気あるプレイが称賛され、ポジションの役割を全うする技術や戦術が生れ、次第に近代スポーツとしての体裁を整えていくことになります。

さらには、『探偵は絹のトランクスをはく』という作品からは、19世紀末の「懸賞ボクシング」の実態が浮き彫りになってきます。気のとおくなるような血みどろな闘いぶりとともに、ラウンドごとに仕組まれた巧妙な「賭け」のシステムを知ったときには、思わず、この時代のイギリス人はなにを考え、なにを生きがいと感じていたのだろうか、と考えてしまいました。このような文化を生みだした19世紀末のイギリスという国の繁栄とはいったいなんだったのだろうか、と。

今回、この小冊子に収めた作品はいずれも問題含みのものばかりです。

その一つは、『完訳・チャタレイ夫人の恋人』です。サブタイトルに「セックスはスポーツである」ことの根拠、と付しておきましたように、この作品に描かれているセックス描写はまことに美しく、自然そのもので、感動的です。かつては、「チャタレイ裁判」まで起こって、賛否両論、さまざまな論議を呼びました。そして、ついには「全訳本」は発行禁止となり、問題のセックス描写を削除したものだけが刊行されていました。が、それから幾星霜、いまでは「完訳本」が堂々と書店に並んでいます。時代が大きく変化したことをしみじみ感じます。この本はぜひ原著にあたって（できれば英文で）、とくとご鑑賞くださることをお薦めします。

この調子でいくと、今回取り上げた全部の作品を一つひとつ語らずにはいられなくなってきました。が、この辺でひとまず納めておきたいと思います。以上の作品からだけでも明らかなようにやはり、「イギリス文学」にはイギリス型のスポーツ文化の原初形態を考えるためのいくつもの重要なヒントが隠されているという事実です。これは他の国の文学にはみられない大きな特色の一つと言っていいでしょう。その意味では、もっと意図的・計画的に「イギリス文学」をリサーチして、徹底的に「スポーツ文化を読む」作業をしていくことが、こんごも重要であろうと思います。つまり、「イギリス文学」はまだまだ掘れば掘るほどでてくるスポーツ史研究の宝の山だ、と言っていいでしょう。にもかかわらず、イギリス国内はもとより、他の国のスポーツ史研究者たちも、このテーマにはほとんど手をつけないままに放置している、というのが現状です。

視点をもう一つ変えてみれば、「イギリス文学」をとおしてイギリスに固有なスポーツ文化がみえてくるとすれば、それと同じようなことが、たとえば、「アメリカ文学」をとおしてアメリカに固有のスポーツ文化が浮き彫りにされる、という仮説も可能になってきます。ということは、「日本文学」には日本に固有の……、そして、「ドイツ文学」にはドイツに固有の……、と連鎖的に全世界に拡大していくことも可能です。となりますと、こんどはそうした世界中の国ぐにの「文学」を視野に入れた、遠大な研究計画がこの先に浮かび上がってきます。

これが今回のこの作業をしてみてはっきりしてきた新しい収穫です。このテーマはこんごの楽しみに、大切に温存しておきたいと思います。

閑話休題

文学作品のなかに「スポーツ文化を読む」という作業をなんのためにやっているのか、とよく問われます。その問いの背景には、「ただ面白おかしいだけではないか」「へぇ、そうなんだ、という程度の話にすぎないではないか」「単なる自己満足ではないか」「お前の趣味の押し付けではないか」「無意味だよ」といったさまざまな否定的な含意があります。そういう含意が伝わってくるだけに、そのつど、わたしはその応答に窮します。そう言われてしまえばそのとおりですし、それでお終いです。

でも、悔しいのでいろいろ考えます。なぜ、わたしはこの作業がこんなに楽しくて、どんどんのめり込んでいくのだろうか、と。その答えの一部は、さきにも記したとおりです。つまり、わたしにしてみれば、意外な発見があるからです。そのような新しい発見に出会うたびに、それまでわたしが得ていた「スポーツ」に関する情報はあまりにも狭隘で、貧しいものであるということに気づかされます。その上、その程度の貧困なスポーツ情報のもとで形成される「スポーツ」の概念は、言ってしまえば「偏見」そのものではないか、とみずからを責め立ててきます。ですから、これではいけない、もっともっと「スポーツ」に関わる未知なる情報を集めてきて、その上で「スポーツとはなにか」という根源的な問いを突き詰めていくことが重要だ、と深く反省させられます。

そのような反省点に立って、いまわたしたちの身のまわりを飛び交っている「スポーツ」に関する言説に眼をやってみますと、それはそれは惨憺たる情景をそこにみることになります。とりわけ、近年のメディア（ジャーナリズム）が取り扱う「スポーツ情報」の提供の仕方や、考え方は眼を覆うばかりです。そこではまことに小さな窓口からしか「スポーツ」をとらえようとはしていません。もっとはっきり言っておけば、「勝った、負けた」の競技スポーツのみが過剰に拡大再生産されているにすぎません。つまり、あまりに「スポーツ」の概念が痩せ細ってしまっているのです。しかも、そのようなマス・メディアをとおして展開される、やせ細った「スポーツ」の概念のみが社会の通念として急速に広まっています。そして、いまや、スポーツといえばテレビのブラウン管をとおして流されてくるスポーツのみがスポーツであるかのような、既成概念がしっかりと根をはりつつあります。これは由々しき問題である、とわたしは考えています。

それに追い打ちをかけるかのように、多くのスポーツ批評やスポーツ評論が追随しています。こんにちのジャーナリストやスポーツ評論家と呼ばれる人びとの「スポーツ」の概念もまた、その多くがテレビによって構築されているとしか言いようがありません。ですから、オリンピックやワールドカップのような競技スポーツのビッグ・イベントが始まると、日本中が「一億総にわかナショナリスト」と化してしまいます。まるで超大型台風のように襲来し、日本中を席巻し、あっという間に過ぎ去っていきます。その間を埋めるようにして、プロ野球やサッカー（Jリーグ）や大相撲などの情報が、入れ代わり立ち代わりして流れています。こういうことを繰り返しながら、無意識のうちに、「スポーツとはこういうものだ」というみごとな洗脳がなされてしまいます。

こうした洗脳システムに、一昔前まで厳然と存在していた特定の「イデオロギー」の力が加わりますと、この本のなかでも取り上げましたジョージ・オウエルの『１９８４年』のような世界が出現することになります。ハッとして気がつけば、わたしの身体は国家のものであって、もはやなんの自由も認められなくなってしまう、という事態が起こります。朝の体操もピクニックも国家管理のもとで完全に監視され、義務づけられてしまいます。あえて指摘しておけば、これとは異質とはいえ、こんにちのわたしたちもまた無意識のうちにどこか別の世界に誘導されているのではないか、そして、その誘導の主役をになっているのがこんにちのメディアという装置の働きではないか、とわたしは危惧しています。ですから、『１９８４年』という作品は、わたしにとっては過去の空想の世界ではなくて、むしろ、これからさまざまに姿・形をかえて登場する近未来を予測する小説ではないか、と考えています。

こうした状況を生みだしているのは、なにもメディアやジャーナリストだけではありません。翻って、同業者の、少なくとも「スポーツ」に関する学問・研究に従事している人びとの言説をみても、やはり同様です。「スポーツ」の概念はまことに素朴なものです。とりわけ、自然科学系（実験系）の研究に従事している人びとの「スポーツ」の概念はおおむね共通していて、わたしからすればまことに狭い概念のなかで終始している、としかいいようがありません。その端的な現れが「競技力向上のための科学的支援」という考え方です。こんにちでは、このことばはさも当たり前のように通用していて、疑問を感ずる人もほとんどいないのが現状です。しかし、この「科学的支援」という表現のなかには、「スポーツ」に関する歴史も思想も哲学もほとんど省みられてはいません。いわゆる人文・社会科学系からの支援は視野のなかに入っていません。つまり、思想・哲学に支えられた「科学的支援」ではない、ということです。言ってしまえば、理念なき「科学的支援」からは「勝利至上主義」しか生れません。これはとんでもない間違いではないか、というのがわたしの主張です。

さらに、みずからの首を締めるようなことはあまり言いたくないところですが、スポーツ文化・社会科学系の研究に従事している同業者の「スポーツ」に関する概念もまた、わたしからすれば、けして豊かとはいえません。しかし、それは、ある意味では、近代という時代を通過することによって起こった必然だ、と言ってもいいでしょう。つまり、わたしたちは、近代という時代をとおして無意識のうちに（あるいは、意識的に）「スポーツ」という概念を痩せ細らせてしまったというわけです。もっと言ってしまえば、いつしか形成されてしまった社会通念としての「スポーツ」の概念のなかに埋没しているからだ、ということになります。つまり、近代の「呪縛」のまっただなかに取り込まれてしまっている、という次第です。ですから、その近代の「呪縛」からみずからを解き放つことが喫緊の課題である、というのがわたしの基本的な認識です。

なにか、いつのまにやら過激になってしまいました。がしかし、これが「文学作品のなかにスポーツ文化を読む」という作業にわたしを駆り立てる最大の理由なのです。ですから、この作業をやめるわけにはいきません。それどころか、みずからの「スポーツ」の概念を破壊しつづけるような作業はスリリングであるばかりでなく、楽しくて仕方がない、というのが正直な告白です。

「スポーツ科学」が全盛の時代にあって、わたしはひたすらそれとは無縁の「文学」の世界を渉猟しながら、もっともっと豊かなスポーツ文化の探索に励みたいと思っています。そのための理論は、わたしなりに長年にわたって模索をつづけ、徐々に構築しつつある思想・哲学です。その一端は、この「スポーツ学選書」のシリーズの第一巻『スポーツ文化の脱構築』

をはじめ、第三巻『スポーツ文化の〈現在〉を探る』、第六巻『現代思想とスポーツ文化』、第十二巻『身体論―スポーツ学的アプローチ』、第十六巻『〈スポーツする身体〉を考える』をとおして明らかにしてきたつもりです。参照していただければ幸いです。これらに続いて、つぎに企画しています『スポーツ科学からスポーツ学へ』(第十八巻の予定)で、さらに問題点を浮き彫りにしていきたいと考えています。

さいごになりましたが、いつものように多くの人びとの支援を得て、この本を世に送り出すことができました。わけても、叢文社の佐藤公美さんには、いつもながらの労の多い裏方さんを務めていただき感謝に耐えません。この場を借りてお礼を申しあげます。また、それ以外の方々についてはお名前をあげるのは控えさせていただきますが、本当にお世話になりました。ありがとうございました。こんごともよろしくお願いいたします。

読者のみなさんにお願いが一つ。著者というものはつねに孤独なものです。どんな感想でも結構ですので、忌憚のないご批判・ご意見などお寄せいただければ、と願っています。それを糧にしてつぎの仕事に励みたいと思います。

2005年12月16日

稲垣正浩

稲垣正浩（いながき・まさひろ）

日本体育大学大学院教授。1938年生まれ。愛知県出身。スポーツ史専攻。東京教育大学大学院教育学研究科博士課程単位取得退学。著書に『スポーツ文化の脱構築』『児童文学のなかにスポーツ文化を読む』『スポーツ文化の〈現在〉を探る』（編著）『伝記文学のなかにスポーツ文化を読む』『現代思想とスポーツ文化』（編著）『紀行文学のなかにスポーツ文化を読む』『テニスとドレス』『宗教文学のなかにスポーツ文化を読む』『ウィーンの生涯スポーツ』『評論文学のなかにスポーツ文化を読む』『身体論-スポーツ学的アプローチ』『伝承文学のなかにスポーツ文化を読む』『〈スポーツする身体〉を考える』（以上、叢文社）、『スポーツの後近代』『スポーツを読む（全3巻）』（以上、三省堂）、『最新スポーツ大事典』（共著）『三訂版・近代体育スポーツ年表』（共著）『図説スポーツの歴史』（共著・以上、大修館書店）、『体育スポーツ人物思想史』（共著・不昧堂出版）、『図説スポーツ史』（共著・朝倉書店）、など。訳書に『テニスの文化史』（共訳）『入門スポーツ史』（以上、大修館書店）、『体育の教授学』『体育の方法学』（以上、不昧堂出版）、など。

スポーツ史学会会長。

『イギリス文学のなかにスポーツ文化を読む』

発　行／2006年 2 月15日　第1刷
著　者／稲垣正浩
発行人／伊藤太文
発行元／株式会社叢文社

〒112-0003
東京都文京区春日2-10-15
TEL 03-3815-4001
FAX 03-3815-4002

編　集／佐藤公美
印　刷／P-NET信州

定価はカバーに表示してあります。
乱丁・落丁についてはお取り替えいたします。

ISBN4-7947-0543-3

「スポーツ学選書」発刊のことば

21世紀を迎え、スポーツをめぐる情況は、20世紀とは明らかに異なる新展開をみせている。しかも、急ピッチである。とりわけ、インターネットの普及によるスポーツ文化全体におよぼす影響の大きさは計りしれないものがある。それは、まるで、スポーツ文化全体が未知なる世界に向けて、大きく羽ばたこうとしているかにみえる。

こうしたスポーツ情況の驚くべき進展に対して、スポーツの「学」は旧態依然たるままである。20世紀の後半に著しい進展をみた「スポーツ科学」は、当初の総合科学としての心意気を忘れ、いまや、狭い実験・実証科学の隘路に陥ろうとしている。のみならず、スポーツ現場の最先端で陣頭指揮に立つ監督・コーチの経験知を、非科学的という名のもとに排除する。

時代は、もはや、このような偏狭なセクショナリズムにとらわれている猶予はない。いまこそ、スポーツ現場の経験知と、実験・実証科学の研究成果と、スポーツ文化・社会科学の研究成果とを一つに結集して、社会に還元していくことが急務である。かくして、これら三つのジャンルを一つに束ねる新しい「学」として、われわれは「スポーツ学」を提唱する。

われわれは、この意味での「スポーツ学」の擁立に賛同する人びとに広く呼びかけ、スポーツに関する最新の「知見」を集積し、公刊することを目指す。名づけて「スポーツ学選書」。

大方のご叱正、ご批判をいただければ幸いである。

２００１年３月

叢　文　社